KB045316

정지용 전 시집 ― 카페·프란스

카페 · 프란스

정지용 전 시집

언론과 문학으로 시대를 고민한 지성
윤동주가 사랑하고 존경한 시인

스타북스

윤동주가 가장 존경한 시인

　작고 시인의 시집을 펴낼 때마다 고심하는 것은 시의 표기에 대한 문제다. 처음 발표된 발표지의 시와 시집에 수록된 시의 표기가 다르고 같은 시라고 할지라도 수정을 거쳐 다시 재발표 하는 예도 있기 때문이다. 그런 경우 가장 원초적인 고민은 어떤 시를 선택해야 하느냐도 있겠지만, 표기법을 원전原典 그대로 둘지 현대 표기법으로 바꿔야 할지를 결정해야 한다. 일반적으로 현대 표기법으로 바꿔 내는 경우가 많은데 이 시집에선 시인 생전에 시집에 수록되었을 경우를 원전으로 보고 되도록 현대 표기법으로 바꾸지 않고 유지하기로 했다.

　시인의 시적 가치가 훼손되지 않는 범위 안에서 현대 표기법으로 바꾸는 것이 일반적이긴 하나 시적 가치가 훼손되지 않는 범위라는 게 개인의 생각마다 다르기에 같은 작품이더라도 다른 표기로 시를 인용하는 경우가 많다. 특히, 정지용 시인의 경우 방언이나 고어, 혹은 신조어를 시에 활용하는 사례가 많아 원전의

훼손 가능성이 크다. 이러한 이유로 같은 시일지라도 인터넷에 검색해 보면 교과서, 논문, 출간된 시집마다 다르다. 이러한 일을 막고자 시인이 생전에 썼던 원전 그대로를 유지해 출간하는 것이 올바른 일이라고 생각했다. 대신 방언이나 고어, 신조어로 인해 정지용 시인의 시에 대한 접근이 어려워지는 것을 우려해 각주를 달아 최대한 시를 읽고 이해하는 데 어려움이 없도록 하였다.

정지용 시인의 시집 『정지용 시집』과 『백록담』 그리고 시집에 실리지 않은 '미수록 작품'들을 모두 발굴하여 넣어 정지용 시집 중 가장 많은 시를 수록했으며 시집 출간 당시의 순서와 표기법 을 유지했다. 재발표한 시는 제외하고 최초 발표한 시만 실었으 며 내용이 많이 달라진 경우엔 재수록 하였다. '호' 뿐만이 아니 라 '권'까지 있는 잡지의 경우 최대한 확인하여 수록된 권과 호 까지 모두 표기하였으며 지금껏 『정지용 시집』에 실리지 않았던 박용철의 발문도 찾아 넣었다.

1950년 49세의 나이로 6·25 당시 정치보위부에 의해 납북, 평양감옥에 이광수, 계장순 등과 함께 갇혔다가 폭격으로 사망한 것으로 추정되나 한때는 월북설에 휘말려 납북 여부와 사인이 모호하여 한때 이름이 '정×용'으로 표기되고 그의 모든 작품이 금기시되었다. 실제로 모든 작품이 교과서에서 배제됐다가 1988년 해금되어 국어 교과서에 그의 시 향수가 수록되었다. 정지용 시인은 한국 모더니즘의 선구자로 일본 도시샤 대학 유학시절 쓴 그의 시 「카페·쯔란스」는 지상紙上에 발표된 최초의 작품이자 그가 쓴 초장기 시 중 대표작이라고 할 수 있으며 향토적 서정의 상징인 「향수」와 상반되는 모더니즘의 색채를 띠고 있는 시이다.

특히, 정지용 시인은 《경향신문》 주간 시절 세상에 묻힐뻔한 윤동주 시인의 유고작 「쉽게 씌어진 시」를 1947년 2월 13일 자 신문에 소개하며 "시인 윤동주의 유골은 용정동 묘지에 묻히고 그의 비통한 시 10여 편은 내게 있다. 지면이 있는 대로 연달아 발표하기에 윤 군보다도 내가 자랑스럽다"라고 썼다. 경향신문은 같은 해 3월 13일 자, 7월 27일 자에 그의 유작 「또 다른 고향」과 「소년」을 싣기도 했으며 윤동주 시인의 유고 『하늘과 바람과 별과 시』의 서문을 쓰기도 했다. 둘은 일본 교토 도시샤 대학에서 유학했다는 공통점이 있다.

정지용 시인의 시를 읽으며 우리 전통의 서정성과 이국정취가 배합된 시, 자연의 신비와 경이로움, 신앙이 드러나는 시 당시의 분위기와 시대적인 상황 모두를 함께 읽어 내려갔으면 하는 마음으로 이 책이 독자분들의 품에 안기길 희망한다.

차례

1

정지용 시집

1

3

4

2

백
록
담

1

시집 미수록 작품

1

정지용 시집

1

바다 1

고래가 이제 횡단한 뒤
해협이 천막처럼 퍼덕이오.

……흰물결 피여오르는 아래로 바독돌 자꼬 자꼬 나려가고,

은방울 날리듯 떠오르는 바다종달새……

한나잘 노려보오 훔켜잡어 고 빩안살 빼스랴고.

※

미억닢새 향기한 바위틈에
진달레꽃빛 조개가 해ㅅ살 쪼이고,

청제비 제날개에 미끄러저 도 — 네
유리판 같은 하늘에.
바다는 — 속속 드리 보이오.
청대ㅅ닢 처럼 푸른
바다
봄

※

꽃봉오리 줄등 켜듯한

조그만 산으로 ― 하고 있을까요.

솔나무 대나무

다옥한[01] 수풀로 ― 하고 있을까요.

노랑 검정 알롱 달롱한

블랑키트[02] 두르고 쪼그린 호랑이로 ― 하고 있을까요.

당신은 「이러한풍경」을 데불고

흰 연기 같은

바다

멀리 멀리 항해합쇼.

《시문학》 2호, 1930. 5

_____

01 무성한.

02 블랭킷(blanket), 담요.

바다 2

바다는 뿔뿔이
달어 날랴고 했다.

푸른 도마뱀떼 같이
재재발렀다.

꼬리가 이루
잡히지 않었다.

흰 발톱에 찢긴
산호보다 붉고 슬픈 생채기!

가까스루 몰아다 부치고
변죽[03]을 둘러 손질하여 물기를 시첬다.

이 앨쓴 해도海圖에
손을 싯고 떼었다.

---

03 그릇이나 세간 따위의 가장자리.

찰찰 넘치도록

돌돌 굴르도록

회동그란히 바쳐 들었다!

지구는 연닢인양 옴으라들고……펴고……

《시원》 5호, 1935. 12

비로봉毘盧峯[04]

백화白樺수풀 앙당한 속에

계절이 쪼그리고 있다.

이곳은 육체 없는 적막한 향연장

이마에 스며드는 향료로운 자양!

해발 오천 피이트 권운층 우에

그싯는 성냥불!

동해는 푸른 삽화처럼 옴직 않고

누뤼 알[05]이 참벌처럼 옴겨 간다.

연정은 그림자 마자 벗쟈

산드랗게[06] 얼어라! 귀뚜라미처럼.

《가톨릭청년》 1호, 1933. 6

_____

04 1933년 6월 《가톨닉청년》 1호에 처음 발표하고, 이듬해인 1934년 7월 3일 《조선중앙
  일보》에 〈권운층卷雲層우에서-비로봉〉이라는 제목으로 다시 발표한 시이다. 뒤의 2
  부 「백록담」 1장 163쪽에 같은 제목의 시가 한 번 더 실려 있다.

05 우박알.

06 '산드렇게'보다 음상이 작은 말이다. '산드러지다'와 '산득하다'가 결합한 말로 추정된
  다. '산드러지다'는 말쑥하고 산뜻한 것을, '산득하다'는 몸의 느낌이 싸느란 것을 뜻한
  다. 그렇다면 '산드랗게'는 "차가우면서도 맵씨있게"라는 뜻이 된다.

홍역紅疫

석탄 속에서 피여 나오는
태고연히 아름다운 불을 둘러
12월 밤이 고요히 물러 앉다.

유리도 빛나지 않고
창장窓帳도 깊이 나리운 대로—
문에 열쇠가 끼인 대로—

눈보라는 꿀벌떼 처럼
닝닝거리고 설레는데,
어느 마을에서는 홍역이 척촉[07]처럼 난만하다.

《가톨릭청년》 22호, 1935. 3

---

07 철쭉.

비극悲劇

「비극」의 힌얼골을 뵈인적이 있느냐?

그손님의 얼골은 실로 미美하니라.

검은 옷에 가리워 오는 이 고귀한 심방尋訪에 사람들은 부질없
이 당황한다.

실상 그가 남기고 간 자최가 얼마나 향그럽기에

오랜 후일에야 평화와 슬픔과 사랑의 선물을 두고 간줄을 알
었다.

그의 발옴김이 또한 표범의 뒤를 따르듯 조심스럽기에

가리어 듣는 귀가 오직 그의 노크를 안다.

묵墨이 말러 시詩가 써지지 아니하는 이 밤에도

나는 맞이할 예비가 있다.

일즉이 나의 딸하나와 아들하나를 드린일이 있기에

혹은 이밤에 그가 예의를 가추지 않고 오량이면

문밖에서 가벼히 사양하겠다!

《가톨릭청년》 22호, 1935. 3

시계時計를 죽임

한밤에 벽시계는 불길한 탁목조[08]!
나의 뇌수腦髓를 미신바늘[09]처럼 쫓다.

일어나 쫑알거리는 「시간」을 비틀어 죽이다.
잔인한 손아귀에 감기는 간열핀 목아지여!

오늘은 열시간 일하였노라.
피로한 이지理智는 그대로 치차[10]를 돌리다.

나의 생활은 일절 분노를 잊었노라.
유리안에 설레는 검은 곰 인양 하품하다.

꿈과 같은 이야기는 꿈에도 아니 하란다.
필요하다면 눈물도 제조할뿐!

어쨋던 정각에 꼭 수면하는것이

---

08 딱따구리.
09 재봉틀 바늘. 재봉틀을 영어 machin의 음을 따서 미신, 미싱이라고 불렀다.
10 톱니바퀴.

고상한 무표정이오 한취미로 하노라!

명일明日!(일자日字가 아니어도 좋은 영원한 혼례!)

소리없이 옴겨가는 나의 백금체펠린¹¹의 유유悠悠한 야간항로
여!

《가톨릭청년》 5호, 1933. 10

---

11 백금으로 만든 비행선이라는 뜻이다. 체펠린(Zeppelin)은 최초의 경식비행선 이름으
로, 독일 군인 체펠린이 1900년 제조에 성공하였다.

아츰

프로펠러 소리…………
선연한 커―얜를 돌아나갔다.

쾌청! 짙푸른 육월도시는 한층계 더자랐다.

나는 어깨를 골르다.
하품……목을 뽑다.
붉은 숭닭모양 하고
피여 오르는 분수를 물었다……뿜었다……
해ㅅ살이 함빡 백공작의 꼬리를 폈다.

수련이 화판花瓣[12]을 폈다.
옴으라쳤던 잎새. 잎새. 잎새.
방울 방울 수은을 바쳤다.
아아 유방처럼 솟아오른 수면!
바람이 굴고 게우[13]가 미끄러지고 하늘이 돈다.

---

12 꽃잎.
13 거위.

좋은 아츰 ─

나는 탐하듯이 호흡하다.

때는 구김살 없는 힌돛을 달다.

《조선지광》 92호, 1930. 8

바람[14]

바람 속에 장미가 숨고
바람 속에 불이 깃들다.

바람에 별과 바다가 씻기우고
푸른 뫼ㅅ부리와 나래가 솟다.

바람은 음악의 호수.
바람은 좋은 알리움!

오롯한 사랑과 진리가 바람에 옥좌를 고이고
커다란 하나와 영원이 펴고 날다.

《동방평론》1호, 1932. 4

---

14 이 시는 1932년 4월 《동방평론》 1호에 실렸던 작품이다. 1부 「정지용시집」 3장 125
쪽에 같은 제목의 시 〈바람〉이 한 번 더 나오는데, 그 시는 『정지용시집』 외 다른 지면
에 대한 발표 여부는 확인되지 않는다.

유리창琉璃窓 1

유리에 차고 슬픈것이 어린거린다.

열없이 붙어서서 입김을 흐리우니

길들은양 언날개를 파다거린다.

지우고 보고 지우고 보아도

새까만 밤이 밀려나가고 밀려와 부디치고,

물먹은 별이, 반짝, 보석처럼 백힌다.

밤에 홀로 유리를 닥는것은

외로운 황홀한 심사 이어니,

고흔 폐혈관이 찢어진 채로

아아, 늬는 산ㅅ새처럼 날러 갔구나!

《조선지광》 89호, 1930. 1

유리창琉璃窓 2

내어다 보니

아조 캄캄한 밤,

어험스런[15] 뜰앞 잣나무가 자꼬 커올라간다.

돌아서서 자리로 갔다.

나는 목이 마르다.

또, 가까히 가

유리를 입으로 쫏다.

아아, 항안에 든 금붕어처럼 갑갑하다.

별도 없다, 물도 없다, 쉬파람 부는 밤.

소증기선처럼 흔들리는 창.

투명한 보라ㅅ빛 누뤼알 아,

이 알몸을 끄집어내라, 때려라, 부릇내라.

나는 열이 오른다.

뺨은 차라리 연정戀情스레히

유리에 부빈다, 차디찬 입마춤을 마신다.

쓰라리, 알연히, 그싯는 음향—

머언 꽃!

---

15 '어험스럽다'의 활용. '어둡고 침침하게 보이는'의 뜻.

도회都會에는 고흔 화재火災가 오른다.

《신생》 27호, 1931. 1

난초蘭草

난초닢은
차라리 수묵색.

난초닢에
엷은 안개와 꿈이 오다.

난초닢은
한밤에 여는 담은 입술이 있다.

난초닢은
별빛에 눈떴다 돌아 눕다.

난초닢은
드러난 팔구비를 어쩌지 못한다.

난초닢에
적은 바람이 오다.

난초닢은

칩다.[16]

《신생》 37호, 1932. 1

---

16 춥다.

촉불과 손

고요히 그싯는 손씨[17]로
방안 하나 차는 불빛!

별안간 꽃다발에 안긴듯이
올빼미처럼 일어나 큰눈을 뜨다.

※

그대의 붉은 손이
바위틈에 물을 따오다,
산양山羊의 젖을 옮기다,
간소한 채소를 기르다,
오묘한 가지에

장미가 피듯이
그대 손에 초밤불[18]이 낳도다.

《신여성》 10권 11호, 1931. 11

---

17 '솜씨'의 평북 방언이 '손씨'이긴 하지만, 여기서는 '손길'의 의미로 보는 것이 좋다.
18 처음으로 밤을 밝히는 불.

해협海峽

포탄으로 뚫은듯 동그란 선창船窓으로
눈섶까지 부풀어 오른 수평이 엿보고,

하늘이 함폭[19] 나려 앉어
큰악한 암닭처럼 품고 있다.

투명한 어족魚族이 행렬하는 위치에
훗하게[20] 차지한 나의 자리여!

망토 깃에 솟은 귀는 소라ㅅ속 같이
소란한 무인도의 각적角笛을 불고―

해협오전2시의 고독은 오롯한 원광圓光을 쓰다.
설어울리 없는 눈물을 소녀처럼 짓쟈.

나의 청춘은 나의 조국!

---

19 '함빡'(양이 차고도 남도록 넉넉한 모양)의 변형.
20 홀가분하게 혼자서.

다음날 항구의 개인 날세여!

항해는 정히 연애처럼 비등沸騰하고
이제 어드메쯤 한밤의 태양이 피여오른다.

《가톨릭청년》1호, 1933. 6

다시 해협海峽

정오 가까운 해협은
백묵흔적이 적력的歷한[21] 원주圓周!

마스트 끝에 붉은기旗가 하늘 보다 곱다.
감람[22] 포기 포기 솟아 오르듯 무성한 물이랑이어!

반마班馬[23] 같이 해구海狗[24] 같이 어여쁜 섬들이 달려오건만
일일히 만저주지 않고 지나가다.

해협이 물거울 쓰러지듯 휘뚝 하였다.
해협은 업지러지지 않었다.
지구 우로 기여가는것이
이다지도 호수운[25] 것이냐!

---

21 또렷하고 분명하다.

22 양배추.

23 무리를 떠난 말. 중국 전한 시대의 역사가 '반고'와 '사마천'을 아울러 일컫는 말.

24 물개.

25 호습다. 무엇을 타거나 할 때 즐겁고 짜릿한 느낌이 있다는 뜻이다.

외진곳 지날제 기적汽笛은 무서워서 운다.
당나귀처럼 처량하구나.

해협의 칠월 해ㅅ살은
달빛 보담 시원타.

화통火筒 옆 사닥다리에 나란히
제주도 사투리 하는이와 아주 친했다.

스물 한살 적 첫 항로에
연애보담 담배를 먼저 배웠다.

《조선문단》 4권 2호, 1935. 7

지도地圖

지리교실전용지도는

다시 돌아와 보는 미려한 칠월의정원.

천도千島[26]열도부근 가장 짙푸른 곳은 진실한 바다 보다 깊다.

한가운데 검푸른 점으로 뛰어들기가 얼마나 황홀한 해학이
냐!

의자우에서 따이빙자세를 취할수있는 순간,

교원실[27]의 칠월은 진실한 바다보담 적막하다.

《조선문단》 4권 2호, 1935. 7

---

26 일본 북부의 치시마 열도, 지금의 쿠릴 열도.

27 교무실.

귀로歸路

포도舖道[28]로 나리는 밤안개에
어깨가 저윽이 무거웁다.

이마에 촉觸하는 쌍그란[29] 계절의 입술
거리에 등불이 함폭! 눈물 겹구나.

제비도 가고 장미도 숨고
마음은 안으로 상장喪章을 차다.

걸음은 절로 드딀데 드디는 삼십三十적 분별
영탄詠嘆도 아닌 불길한 그림자가 길게 누이다.

밤이면 으레 홀로 돌아오는
붉은 술도 부르지않는 적막한 습관이여!

《가톨릭청년》 5호, 1933. 10

---

28 포장도로를 뜻하는 당시의 일본식 표기로, 우리식 한자는 '鋪道'이다.
29 '산드랗게'와 관련된 말로 '쌍그렇다'의 활용이다. '쌍그렇다'는 찬바람이 불 때 베옷 같
   은 것을 입은 모양이 매우 쓸쓸하게 보이는 것을 뜻한다. 이마에 감촉되는 대기의 느
   낌이 차갑고 쓸쓸한 것을 의미한다.

오월소식五月消息

오동나무 꽃으로 불밝힌 이곳 첫여름이 그립지 아니한가?
어린 나그내 꿈이 시시로 파랑새가 되여오려니.
나무 밑으로 가나 책상 턱에 이마를 고일 때나,
네가 남기고 간 기억만이 소근 소근거리는구나.

모초롬만에 날러온 소식에 반가운 마음이 울렁거리여
가여운 글자마다 먼 황해黃海가 남설거리나니.

……나는 갈메기 같은 종선⁰¹을 한창 치달리고 있다……

쾌활한 오월넥타이가 내처⁰² 난데없는 순풍이 되여,
하늘과 딱닿은 푸른 물결우에 솟은,

외따른 섬 로만틱를 찾어 갈가나.

일본말과 아라비아 글씨를 아르키러간

---

01 큰 배에 딸린 작은 배.
02 어떤 일끝에 잇달아.

쬐그만 이 페스탈로치야, 꾀꼬리 같은 선생님 이야,

날마다 밤마다 섬둘레가 근심스런 풍랑에 씹히는가 하노니,

은은히 밀려 오는듯 머얼리 우는 오르간 소리⋯⋯⋯⋯

《조선지광》68호, 1927. 6

이른봄아침

귀에 설은[03] 새소리가 새여 들어와
참한 은시계로 자근자근 얻어맞은듯,
마음이 이일 저일 보살필 일로 갈러저,
수은방울처럼 동글 동글 나동그라저,
춥기는 하고 진정 일어나기 싫어라.

※

쥐나 한마리 훔켜 잡을 듯이
미다지를 살포―시 열고 보노니
사루마다[04] 바람 으론 오호! 치워라.

마른 새삼넝쿨 새이 새이로
빠알간 산새새끼가 물레ㅅ북 드나들듯.

※

새새끼 와도 언어수작을 능히 할가 싶어라.

_____

03 낯선. 익지 않은.
04 바지 속에 입는 일본식 잠방이.

날카롭고도 보드라운 마음씨가 파다거리여.

새새끼와 내가 하는 에스페란토⁰⁵는 회파람이라.

새새끼야, 한종일 날어가지 말고 울어나 다오,

오늘 아침에는 나이 어린 코끼리처럼 외로워라.

※

산봉오리 —저쪽으로 돌린 푸로우쀄일⁰⁶—

페랑이꽃 빛으로 볼그레 하다,

씩 씩 뽑아 올라간, 밋밋 하게

깎어 세운 대리석 기둥 인듯,

간ㅅ뎅이 같은 해가 익을거리는

아침 하늘을 일심으로 떠바치고 섰다,

봄ㅅ바람이 허리띄처럼 휘이 감돌아서서

사알랑 사알랑 날러 오노니,

새새끼도 포르르 포르르 불려 왔구나.

《신민》 22호, 1927. 2

---

05 폴란드의 자멘호프가 개발한 국제어.

06 프로필(profile). 옆 얼굴.

압천鴨川

압천[07] 십리十里 ㅅ벌에
해는 저믈어…… 저믈어……

날이 날마다 님 보내기
목[08]이 자졌다[09]…… 여울 물소리……

찬 모래알 쥐여 짜는 찬 사람의 마음,
쥐여 짜라. 바시여라. 시언치도 않어라.

역구풀 욱어진 보금자리
뜸북이 홀어멈 울음 울고,

제비 한쌍 떠ㅅ다,
비마지[10] 춤을 추어.

---

07 가모가와강. 교토 시내를 흐르는 하천 이름.
08 여울목. 여울의 턱진 곳.
09 물이 줄어들었다.
10 비 맞이.

수박 냄새 품어오는 저녁 물바람.

오랑쥬[11] 껍질 씹는 젊은 나그네의 시름.

압천 십리+里 ㅅ벌에

해가 저물어…… 저물어……

《학조》 2호, 1927. 6

---

11 오렌지(orange)의 불어 발음.

석류柘榴

장미꽃 처럼 곱게 피여 가는 화로에 숯불,
입춘때 밤은 마른풀 사르는 냄새가 난다.

한 겨울 지난 석류열매를 쪼기여
홍보석 같은 알을 한알 두알 맛 보노니,

투명한 옛 생각, 새론 시름의 무지개여,
금金붕어 처럼 어린 녀릿 녀릿한¹² 느낌이여.

이 열매는 지난 해 시월 상ㅅ달¹³, 우리 들의
조그마한 이야기가 비롯될 때 익은것이어니.

자근아씨야, 가녀린 동무야, 남몰래 깃들인
네 가슴에 조름 조는 옥토끼가 한쌍.

옛 못 속에 헤염치는 힌고기의 손가락, 손가락,

---

12 느리면서도 가냘픈 느낌.
13 햇곡식을 신에게 드리기에 가장 좋은 달이라는 뜻으로 '시월'을 예스럽게 이르는 말.

외롭게 가볍게 스스로 떠는 은銀실, 은銀실,

아아 석류알을 알알히 비추어 보며

신라천년의 푸른 하늘을 꿈꾸노니.

《조선지광》 65호, 1927. 3

발열發熱

처마 끝에 서린 연기 따러

포도순이 기여 나가는 밤, 소리 없이,

가믈음 땅에 시며든 더운 김이

등에 서리나니, 훈훈히,

아아, 이 애 몸이 또 달어 오르노나.

가쁜 숨결을 드내 쉬노니, 박나비[14] 처럼,

가녀린 머리, 주사 찍은 자리에, 입술을 붙이고

나는 중얼거리다, 나는 중얼거리다,

부끄러운줄도 모르는 다신교도多神教徒와도 같이.

아아, 이 애가 애자지게[15] 보채노나!

불도 약도 달도 없는 밤,

아득한 하늘에는

별들이 참벌 날으듯 하여라.

《조선지광》 69호, 1927. 7

---

14 박나방, 박각시.

15 '애절하게'와 '자지러지게'의 뜻이 복합된 말.

향수 鄕愁

넓은 벌 동쪽 끝으로
옛이야기 지줄대는[16] 실개천이 회돌아[17] 나가고,
얼룩백이 황소가
해설피[18] 금빛 게으른 울음을 우는 곳,

―그 곳이 참하 꿈엔들 잊힐리야.

질화로에 재가 식어지면
뷔인 밭에 밤바람 소리 말을 달리고,
엷은 조름에 겨운 늙으신 아버지가
짚벼개를 돋아 고이시는 곳,

―그 곳이 참하 꿈엔들 잊힐리야.

흙에서 자란 내 마음

---

16 낮은 목소리로 자꾸 지껄이는.

17 '휘돌아'보다 어감이 작은 말.

18 어원적으로는 '해가 설핏하다'에서 온 말이다. '설핏하다'는 "해가 져서 밝은 기운이 약
   하다"는 뜻이다.

파아란 하늘 빛이 그립어

함부로 쏜 화살을 찾으려

풀섶 이슬에 함추름[19] 휘적시던 곳,

—그 곳이 참하 꿈엔들 잊힐리야.

전설바다에 춤추는 밤물결 같은

검은 귀밑머리 날리는 어린 누이와

아무렇지도 않고 여쁠 것도 없는

사철 발벗은 안해가

따가운 해ㅅ살을 등에 지고 이삭 줏던 곳,

—그 곳이 참하 꿈엔들 잊힐리야.

하늘에는 석근[20] 별

알수도 없는 모래성으로 발을 옮기고,

---

19 '함초롬하다'의 변형. 젖거나 서려 있는 모습이 가지런하고 차분하다.

20 《조선지광》에는 '석근'으로 표기되어 있으나 『지용시선』에는 '성근'으로 표기되었다.
  '석근'은 "섞여 있는"의 뜻이고 '성근'은 "듬성듬성, 드문드문"의 뜻이다.

서리 까마귀 우지짖고 지나가는 초라한 집웅,

흐릿한 불빛에 돌아 앉어 도란 도란거리는 곳,

─그 곳이 참하 꿈엔들 잊힐리야.

《조선지광》 65호, 1927. 3

갑판甲板 우

나지익 한 하늘은 백금빛으로 빛나고

물결은 유리판 처럼 부서지며 끓어오른다.

동글동글 굴러오는 짠바람에 뺨마다 고흔피가 고이고

배는 화려한 김승처럼 짓으며 달려나간다.

문득 앞을 가리는 검은 해적같은 외딴섬이

흩어저 날으는 갈메기떼 날개 뒤로 문짓 문짓[21] 물러나가고,

어디로 돌아다보든지 하이한 큰 팔구비에 안기여

지구덩이가 동그랐타는것이 길겁구나.

넥타이는 시언스럽게 날리고 서로 기대슨 어깨에 육월볕이

시며들고

한없이 나가는 눈ㅅ길은 수평선 저쪽까지 기旗ㅅ폭처럼 퍼덕인다.

※

바다 바람이 그대 머리에 아른대는구료,

그대 머리는 슬픈듯 하늘거리고.

---

21 망설이고 주저하는 모습을 '문칫문칫거리다'라고 한다.

바다 바람이 그대 치마폭에 니치 대는구료,[22]

그대 치마는 부끄러운듯 나붓기고.

그대는 바람 보고 꾸짖는구료.

※

별안간 뛰여들삼어도[23] 설마 죽을라구요

빠나나 껍질로 바다를 놀려대노니,

젊은 마음 꼬이는 구비도는 물구비

두리 함끠 굽어보며 가비얍게 웃노니.

《문예시대》 2호, 1927. 1

---

22 이 말은 '니치대다'의 활용으로 '이치다'('이아치다'의 준말로 거치적거리거나 못된 짓으로
일을 방해한다는 뜻)의 방언으로 보인다.

23 뛰어든다 하더라도.

태극선 太極扇

이 아이는 고무뽈을 따러
힌산양山羊이 서로 부르는 푸른 잔디 우로 달리는지도 모른다.

이 아이는 범나비 뒤를 그리여
소소라치게 위태한 절벽 갓을 내닷는지도 모른다.

이 아이는 내처 날개가 돋혀
꽃잠자리 제자를 슨²⁴ 하늘로 도는지도 모른다.

　　(이 아이가 내 무릎 우에 누은것이 아니라)

새와 꽃, 인형 납병정 기관차들을 거나리고
모래밭과 바다, 달과 별사이로
다리 긴 왕자처럼 다니는것이려니,

　　(나도 일즉이, 점두록²⁵ 흐르는 강가에

---

24 제자를 쓴. 제자題字는 책의 머리나 족자, 비석 등에 쓴 글자이다.
25 저물도록.

이 아이를 뜻도 아니한 시름에 겨워
풀피리만 찢은일이 있다)

이 아이의 비단결 숨소리를 보라.
이 아이의 씩씩하고도 보드라운 모습을 보라.
이 아이 입술에 깃드린 박꽃 웃음을 보라.

(나는, 쌀, 돈셈, 집웅샐것이 문득 마음 키인다)

반디ㅅ불 하릿하게 날고
지렁이 기름불 만치 우는 밤,
모와 드는 훗훗한 바람에
슬프지도 않은 태극선 자루가 나붓기다.

《조선지광》 70호, 1927. 8

카페 · 쯔란스

옴겨다 심은 종려나무 밑에
빗두루 슨 장명등[26],
카페 · 쯔란스에 가쟈.

이놈은 루바쉬카[27]
또 한놈은 보헤미안 넥타이[28]
뻣적 마른 놈이 압장을 섰다.

밤비는 뱀눈 처럼 가는데
페이브멘트[29]에 흐늙이는[30] 불빛
카페 · 쯔란스에 가쟈.

이 놈의 머리는 빗두른 능금
또 한놈의 심장은 벌레 먹은 장미

---

26 처마 끝이나 마당 기둥에 밤새도록 켜 두는 등.

27 루바시카(rubashka; рубашка). 러시아의 남성용 민족의상으로, 블라우스와 비슷한 상의이다.

28 스카프 모양의 폭이 넓은 넥타이.

29 페이브먼트(pavement). 포장도로.

30 흐느적거리는.

제비 처럼 젖은 놈이 뛰여 간다.

※

『오오 패롵鸚鵡³¹ 서방! 꾿 이브닝!』

『꾿 이브닝!』(이 친구 어쩌하시오?)

울금향鬱金香³² 아가씨는 이밤에도
경사更紗³³ 커—틴 밑에서 조시는구료!

나는 자작子爵의 아들도 아모것도 아니란다.
남달리 손이 히여서 슬프구나!

나는 나라도 집도 없단다
대리석 테이블에 닷는 내뺌이 슬프구나!

---

31 패럿(parrot). 앵무.

32 백합.

33 당시 사용된 일본식 한자로, 다섯 가지 빛깔의 피륙인 사라사(saraça)를 말한다.

오오, 이국종異國種 강아지야

내발을 빨어다오.

내발을 빨어다오.

《학조》1호, 1926. 6

슬픈 인상화印像畵

수박냄새 품어 오는

첫녀름의 저녁 때…………

먼 해안 쪽

길옆나무에 느러 슨

전등. 전등.

헤염처 나온듯이 깜박어리고 빛나노나.

침울하게 울려 오는

축항築港의 기적소리……기적소리……

이국異國정조로 퍼덕이는

세관의 기ㅅ발. 기ㅅ발.

세멘트 깐 인도人道측으로 사뽓 사뽓 옴기는

하이한 양장의 점경點景!

그는 흘러가는 실심失心한 풍경이여니……

부즐없이 오랑쥬 껍질 씹는 시름……

아아, 애시리愛施利[34]·황黃!

그대는 상해로 가는구료·············

《학조》1호, 1926. 6

---

34 애시리愛施利는 서구의 이름인 애슐리(Ashley)를 한자로 표기한 것이고, 황黃은 우리
의 성性이다.

조약돌

조약돌 도글 도글······
그는 나의 혼魂의 조각 이러뇨.

알는 피에로의 설음과
첫길에 고달픈
청靑제비의 푸념 겨운 지줄댐과,
꾀집어 아즉 붉어 오르는
피에 맺혀,
비날리는 이국거리를
탄식하며 헤매노나.

조약돌 도글 도글······
그는 나의 혼魂의 조각 이러뇨.

《동방평론》4호. 1932. 7

피리

자네는 인어人魚를 잡아
아씨를 삼을수 있나?

달이 이리 창백한 밤엔
따뜻한 바다속에 여행도 하려니.

자네는 유리같은 유령이되여
뼈만 앙사하게 보일수 있나?

달이 이리 창백한 밤엔
풍선風船을 잡어타고
화분花粉 날리는 하늘로 둥 둥 떠오르기도 하려니.

아모도 없는 나무 그늘 속에서
피리와 단둘이 이야기 하노니.

《시문학》 2호, 1930. 5

따알리아

가을 볕 째앵 하게
내려 쪼이는 잔디밭.

함빡 피여난 따알리아.
한낮에 함빡 핀 따알리아.

시약시야, 네 살빛도
익을 대로 익었구나.

젓가슴과 붓그럼성[35]이
익을 대로 익었구나.

시약시야, 순하디 순하여 다오.
암사심 처럼 뛰여 다녀 보아라.

물오리 떠 돌아 다니는
흰 못물 같은 하눌 밑에,

35 부끄럼을 잘 타는 성질.

함빡 피여 나온 따알리아.

피다 못해 터저 나오는 따알리아.

《신민》 19호, 1926. 11

홍춘紅椿[36]

춘椿나무 꽃 피뱉은 듯 붉게 타고
더딘 봄날 반은 기울어
물방아 시름없이 돌아간다.

어린아이들 제춤에 뜻없는 노래를 부르고
솜병아리 양지쪽에 모이를 가리고 있다.

아지랑이 조름조는 마을길에 고달퍼
아름 아름 알어질 일도 몰라서
여윈 볼만 만지고 돌아 오노니.

《신민》 19호, 1926. 11

---

36 '춘椿'은 참죽나무를 가리키지만, 일본어로는 동백나무를 뜻한다. 여기서는 붉은 동백
나무 꽃을 뜻한다.

저녁해ㅅ살

불 피여으르듯하는 술
한숨에 키여도[37] 아아 배곺아라.

수저븐[38] 듯 노힌 유리 컾
바쟉 바쟉 씹는대도 배곺으리.

네 눈은 고만高慢스런 흑黑단초.
네입술은 서운한 가을철 수박 한점.

빨어도 빨어도 배곺으리.

슬집 창문에 붉은 저녁 해ㅅ살
연연하게[39] 탄다, 아아 배곺아라.

《시문학》 2호, 1930. 5

---

37 들이켜도.
38 수줍은.
39 싼듯하고 곱게.

뺏나무열매

웃 입술에 그 뺏나무 열매가 다 나섰니?

그래 그 뺏나무 열매가 지운듯 스러졌니?

그끄제 밤에 늬가 참버리처럼[40] 닝닝거리고 간뒤로―

불빛은 송화ㅅ가루 뻬운듯 무리를 둘러 쓰고

문풍지에 아름푸시 어름 풀린 먼 여울이 떠는구나.

바람세[41]는 연사흘 두고 유달리도 밋그러워

한창때 삭신이 덧나기도 쉬웁단다.

외로운 섬 강화도로 떠날 림시[42] 해서―

웃 입술에 그 뺏나무 열매가 안나서서 쓰겠니?

그래 그 뺏나무 열매를 그대로 달고 가랴니?

《조선지광》 67호, 1927. 5

---

40 참벌처럼.

41 바람의 형세.

42 임시臨時. 정해진 시간에 이른 무렵. 따라서 '떠날 림시 해서'는 '떠날 때가 되어'를 뜻한다.

엽서에쓴글

나비가 한마리 날러 들어온 양 하고

이 종히ㅅ장에 불빛을 돌려대 보시압.

제대로 한동안 파다거리 오리다.

―대수롭지도 않은 산목숨과도 같이.

그러나 당신의 열적은[43] 오라범 하나가

먼데 갓가운데 가운데 불을 헤이며 헤이며

찬비에 함추름 휘적시고 왔오.

―스럽지도[44] 안은 이야기와도 같이.

누나, 검은 이밤이 다 희도록

참한 뮤―쓰처럼 쥬므시압.

해발 이천옄이트 산 봉오리 우에서

이제 바람이 나려 옵니다.

《조선지광》 67호, 1927. 5

---

43 '열없다'와 같은 말. 어색하고 멋적은.

44 서럽지도.

선취 船醉[45]

배난간에 기대 서서 희파람을 날리나니
새까만 등솔기에 팔월달 해ㅅ살이 따가워라.

금金단초 다섯개 달은 자랑스러움, 내처 시달품.
아리랑 쪼라도 찾어 볼가, 그전날 불으던,

아리랑 쪼 그도 저도 다 닞었읍네, 인제는 버얼서,
금단초 다섯개를 삐우고[46] 가쟈, 파아란 바다 우에.

담배도 못 피우는, 숯닭같은 머언 사랑을
홀로 피우며 가노니, 늬긋 늬긋[47] 흔들 흔들리면서.

《학조》2호, 1927. 6

45 1927년 6월 《학조》 2호에 첫 발표를 하고, 이후 1930년 3월 《시문학》 1호에 재발표하
　　였다. 2부 「백록담」 2장 190쪽에 같은 제목의 시가 또 실려 있다.

46 끼우고.

47 뱃멀미에 속이 느글거리는 것을 표현하였다.

봄

외ㅅ가마귀 울며 나른 알로
허울한[48] 돌기둥 넷이 스고,
이끼 흔적 푸르른데
황혼이 붉게 물들다.

거북 등 솟아오른 다리
길기도한 다리,
바람이 수면에 옴기니
휘이 비껴 쓸리다.

《동방평론》1호, 1932. 4

---

48 낡은, 허름한.

슬픈 기차汽車

우리들의 기차는 아지랑이 남실거리는 섬나라 봄날 왼하로를
익살스런 마드로스 파이프로 피우며 간 단 다.
우리들의 기차는 느으릿 느으릿 유월소 걸어가듯 걸어 간 단
다.

우리들의 기차는 노오란 배추꽃 비탈밭 새로
헐레벌덕어리며 지나 간 단 다.

나는 언제든지 슬프기는 슬프나마 마음만은 가벼워
나는 차창에 기댄 대로 희파람이나 날리쟈.

먼데 산이 군마軍馬처럼 뛰여오고 가까운데 수풀이 바람처럼
불려 가고
유리판을 펼친듯, 뢰호내해瀬戸内海[49] 퍼언한 물 물. 물. 물.
손까락을 담그면 포도빛이 들으렀다.
입술에 적시면 탄산수처럼 끓으렀다.
복스런 돛폭에 바람을 안고 뭇배가 팽이 처럼 밀려가 다 간,

---

49 뢰호瀬戸의 일본어 발음은 '세토'이다. 일본 혼슈, 규슈, 시코쿠에 둘러싸인 바다를 일
컫는다.

나비가 되여 날러간다.

나는 차창에 기댄대로 옥토끼처럼 고마운 잠이나 들쟈.
청靑만틀[50] 깃자락에 마담·R의 고달픈 뺨이 붉으레 피였다,
고은 석탄불처럼 이글거린다.
당치도 않은 어린아이 잠재기 노래를 부르심은 무슨 뜻이뇨?

    잠 들어라.
    가여운 내 아들아.
    잠 들어라.

나는 아들이 아닌것을, 옷수염 자리 잡혀가는, 어린 아들이 버
얼서 아닌것을.
나는 유리쪽에 가깝한 입김을 비추어 내가 제일 좋아하는 이
름이나 그시며 가 쟈.
나는 늬긋 늬긋한 가슴을 밀감쪽으로나 씻어나리쟈.

───────────────

50 맨틀(mantle), 여성용 망토와 비슷한 외투의 일종.

대수풀 울타리마다 요염한 관능과 같은 홍춘紅椿이 피맺혀 있
다.
마당마다 솜병아리 털이 폭신 폭신 하고,
집웅마다 연기도 아니뵈는 해ㅅ볕이 타고 있다.
오오, 개인 날세야, 사랑과 같은 어질머리야, 어질머리야.

청靑만틀 깃자락에 마담 R의 가여운 입술이 여태껏 떨고 있
다.
누나다운 입술을 오늘이야 싫것 절하며 갑노라.
나는 언제든지 슬프기는 슬프나마,
오오, 나는 차보다 더 날러 가랴지는 아니하랸다.

《조선지광》 67호, 1927. 5

이제 마악 돌아나가는 곳은 시계집 모퉁이, 낮에는 처마 끝에
달어맨 종달새란 놈이 도회바람에 나이를 먹어 조금 연기 끼
인듯한 소리로 사람 흘러나려가는 쪽으로 그저 지줄 지줄거
립데다.

그 고달픈 듯이 깜박 깜박 졸고 있는 모양이 ─ 가여운 잠의 한
점이랄지요 ─ 부칠데 없는 내맘에 떠오릅니다. 쓰다듬어 주고
싶은, 쓰다듬을 받고 싶은 마음이올시다. 가엾은 내그림자는
검은 상복처럼 지향없이 흘러나려 갑니다. 촉촉이 젖은 리본
떨어진 낭만풍의 모자밑에는 금붕어의 분류奔流와 같은 밤경
치가 흘러 나려갑니다. 길옆에 늘어슨 어린 은행나무들은 이
국척후병의 걸음제로 조용 조용히 흘러 나려갑니다.

    슬픈 은銀안경이 흐릿하게
    밤비는 옆으로 무지개를 그린다.

이따금 지나가는 늦은 전차가 끼이익 돌아나가는 소리에 내
조고만혼魂이 놀란듯이 파다거리나이다. 가고 싶어 따뜻한 화
로갛를 찾어가고싶어. 좋아하는 코 ─ 란경을 읽으면서 남경南
京콩이나 까먹고 싶어, 그러나 나는 찾어 돌아갈데가 있을나

구요?

네거리 모퉁이에 씩 씩 뽑아 올라간 붉은 벽돌집 탑에서는 거만스런 XII시時가 피뢰침에게 위엄있는 손까락을 치여 들었소. 이제야 내 목아지가 쭐 빽 떨어질듯도 하구료. 솔닢새 같은 모양새를 하고 걸어가는 나를 높다란데서 굽어 보는것은 아주 재미 있을게지요. 마음 놓고 술 술 소변이라도 볼까요. 헬멭 쓴 야경순사가 일림처럼 쫓아오겠지요!

네거리 모퉁이 붉은 담벼락이 흠씩 젖었오. 슬픈 도회의 뺨이 젖었소. 마음은 열없이 사랑의 낙서를 하고있소. 홀로 글성 글성 눈물짓고 있는것은 가엾은 소-니야의 신세를 비추는 빩안 전등의 눈알이외다. 우리들의 그전날 밤은 이다지도 슬픈지요. 이다지도 외로운지요. 그러면 여기서 두손을 가슴에 넘이고 당신을 기다리고 있으릿가?

길이 아조 질어 터져서 뱀눈알 같은 것이 반짝 반짝 어리고 있오. 구두가 어찌나 크던동 거러가면서 졸님이 오십니다. 진흙에 챡 붙어 버릴듯 하오. 철없이 그리워 동그스레한 당신의 어

깨가 그리워. 거기에 내머리를 대이면 언제든지 머언 따듯한
바다 울음이 들려오더니………

……아아, 아모리 기다려도 못 오실니를……

기다려도 못 오실 니 때문에 졸리운 마음은 황마차幌馬車를 부
르노니, 휘파람처럼 불려오는 황마차를 부르노니, 은으로 만
들은 슬픔을 실은 원앙새 털 깔은 황마차, 꼬옥 당신처럼 참한
황마차, 찰 찰찰 황마차를 기다리노니.

《조선지광》 68호, 1927. 6

새빨안 기관차機關車

느으릿 느으릿 한눈 파는 겨를에
사랑이 수히 ⁵¹ 알어질가도 싶구나.
어린아이야, 달려가쟈.
두뺌에 피여오른 어여쁜 볼이
일즉 꺼저버리면 어찌 하쟈니?
줄 다름질 처 가쟈.
바람은 휘잉. 휘잉.
만틀 ⁵² 자락에 몸이 떠오를 듯.
눈보라는 풀. 풀.
붕어새끼 꾀여내는 모이 같다.
어린아이야, 아무것도 모르는
새빨안 기관차 처럼 달려 가쟈!

《조선지광》 64호, 1927. 2

---

51 수이. 쉽게.
52 망토(mantle, manteau).

밤

눈 머금은 구름 새로
흰달이 흐르고,

처마에 서린 탱자나무가 흐르고,

외로운 촉불이, 물새의 보금자리가 흐르고……

표범 껍질에 호젓하이 쌓이여
나는 이밤, 「적막한 홍수」를 누어 건늬다.

《신생》 37호, 1932. 1

호수湖水 1

얼골 하나 야
손바닥 둘 로
폭 가리지 만,

보고 싶은 마음
호수 만 하니
눈 감을 밖에.

《시문학》 2호, 1930. 5

호수湖水 2

오리 목아지는
호수를 감는다.

오리 목아지는
자꼬 간지러워.

《시문학》 2호, 1930. 5

호면湖面

손 바닥을 울리는 소리
곱드랗게 건너 간다.

그뒤로 흰게우가 미끄러진다.

《조선지광》 64호, 1927. 2

겨울

비ㅅ방울 나리다 누뤼알로 구을러

한 밤중 잉크빛 바다를 건늬다.

《조선지광》 89호, 1930. 1

달

선뜻! 뜨인 눈에 하나차는 영창
달이 이제 밀물처럼 밀려 오다.

미욱한 잠과 벼개를 벗어나
부르는이 없이 불려 나가다.

※

한밤에 홀로 보는 나의 마당은
호수같이 둥그시 차고 넘치노나.

쪼그리고 앉은 한옆에 힌돌도
이마가 유달리 함초롬 곻아라.

연연턴 녹음綠陰, 수묵색으로 짙은데
한창때 곤한 잠인양 숨소리 설키도다.

비닭이는 무엇이 궁거워[53] 구구 우느뇨,

---

53 궁금하여.

오동나무 꽃이야 못견디게 향香그럽다.

《신생》 42호, 1932. 6

절정絶頂

석벽石壁에는

주사朱砂[54]가 찍혀 있오.

이슬같은 물이 흐르오.

나래 붉은 새가

위태한데 앉어 따먹으오

산포도[55]순이 지나갔오.

향香그런 꽃뱀이

고원高原꿈에 옴치고 있오.

거대한 죽엄 같은 장엄한 이마,

기후조氣候鳥[56]가 첫번 돌아오는 곳,

상현달이 살어지는 곳,

쌍무지개 다리 드디는 곳,

아래서 볼때 오리옹 성좌와 키가 나란하오.

나는 이제 상상봉上上峯에 섰오.

별만한 힌꽃이 하늘대오.

---

54 수은으로 이루어진 황화광물로 육방정계에 속하며 진한 붉은색과 광택을 띤다. 한방
　 의 약재나 염료로 사용된다.

55 머루.

56 철새.

민들레 같은 두다리 간조롱 해지오.

해솟아 오르는 동해—

바람에 향하는 먼 기旗폭 처럼

뺨에 나붓기오.

《학생》 2권 9호, 1930. 10

풍랑몽風浪夢 1

당신 께서 오신다니
당신은 어찌나 오시랴십니가.

끝없는 우름 바다를 안으올때
포도빛 밤이 밀려 오듯이,
그모양으로 오시랴십니가.

당신 께서 오신다니
당신은 어찌나 오시랴십니가.

물건너 외딴 섬, 은회색 거인이
바람 사나운 날, 덮쳐 오듯이,
그모양으로 오시랴십니가.

당신 께서 오신다니
당신은 어찌나 오시랴십니가.

창밖에는 참새떼 눈초리 무거웁고
창안에는 시름겨워 턱을 고일때,

은銀고리 같은 새벽달

붓그럼성 스런 낯가림을 벗듯이,

그모양으로 오시랴십니가.

외로운 조름, 풍랑에 어리울때

앞 포구에는 궂은비 자욱히 들리고

행선行船배 북이 웁니다, 북이 웁니다.

《조선지광》 69호, 1927. 7

풍랑몽風浪夢 2

바람은 이렇게 몹시도 부옵는데

저 달 영원의 등화燈火!

꺼질법도 아니하옵거니,

엊저녁 풍랑우에 님 실려 보내고

아닌 밤중 무서운 꿈에 소스라처 깨옵니다.

《시문학》 3호, 1931. 10

말 1

청대나무 뿌리를 우어어차! 잡어 뽑다가 궁둥이를 찌었네.

짠 조수물에 흠뻑 불리워 휙 휙 내둘으니 보라ㅅ빛으로 피여

오른 하늘이 만만하게 비여진다.

채축[57]에서 바다가 운다.

바다 우에 갈메기가 흩어진다.

오동나무 그늘에서 그리운 양 졸리운 양한 내 형제 말님을 찾

어[58] 갔지.

「형제여, 좋은 아침이오.」

말님 눈동자에 엇저녁 초사흘달이 하릿하게 돌아간다.

「형제여 뺨을 돌려 대소. 왕왕.」

말님의 하이한 이빨에 바다가 시리다.

푸른 물 들뜻한 어덕에 해ㅅ살이 자개처럼 반쟈거린다.

「형제여, 날세가 이리 휘양창 개인날은 사랑이 부질없오라.」

바다가 치마폭 잔주름을 잡어 온다.

---

57 채찍.

58 '찾아가다'를 뜻하는 '찾어'의 오기인 듯하다.

「형제여, 내가 부끄러운데를 싸매였으니
그대는 코를 불으라.」

구름이 대리석 빛으로 퍼져 나간다.
채축이 번뜻 배암을 그린다.
「오호! 호! 호! 호! 호! 호! 호!」

말님의 앞발이 뒤ㅅ발이오 뒤ㅅ발이 앞발이라.
바다가 네귀로 돈다.
쉿! 쉿! 쉿!
말님의 발이 여덜이오 열여섯이라.
바다가 이리떼처럼 짓으며 온다.

쉿! 쉿! 쉿!
어깨우로 넘어닷는 마파람이 휘파람을 불고
물에서 뭍에서 팔월八月이 퍼덕인다.

「형제여, 오오, 이 꼬리 긴 영웅이야!」
날세가 이리 휘양창 개인날은 곱슬머리가 자랑스럽소라!」

말 2

까치가 앞서 날고,

말이 따러 가고,

바람 소올 소올, 물소리 쫄 쫄 쫄,

유월하늘이 동그라하다, 앞에는 퍼언한 벌,

아아, 사방이 우리 나라 라구나.

아아, 우통 벗기 좋다, 희파람 불기 좋다, 채칙이 돈다, 돈다,

돈다, 돈다.

말아,

누가 났나? 늬를. 늬는 몰라.

말아,

누가 났나? 나를. 내도 몰라.

늬는 시골 듬에서

사람스런 숨소리를 숨기고 살고

내사 대처 한복판에서

말스런 숨소리를 숨기고 다 잘았다.

시골로나 대처로나 가나 오나

량친[59] 몬보아 스럽더라.[60]

---

59 양친. 부모.

60 서럽더라.

말아,

멩아리 소리 찌르렁! 하게 울어라,

슬픈 놋방울소리 마춰 내 한마디 할라니.

해는 하늘 한복판, 금빛 해바라기가 돌아가고,

파랑콩 꽃다리 하늘대는 두둑 위로

머언 힌 바다가 치여드네.

말아,

가자, 가자니, 고대古代와 같은 나그내ㅅ길 떠나가자.

말은 간다.

까치가 따라온다.

《동지사문학》 3호, 1928. 10

바다 1

오·오·오·오·오· 소리치며 달려 가니

오·오·오·오·오· 연달어서 몰아 온다.

간 밤에 잠살포시

머언 뇌성이 울더니,

오늘 아침 바다는

포도빛으로 부풀어졌다.

철석, 처얼석, 철석, 처얼석, 철석,

제비 날어 들듯 물결 새이새이로 춤을추어.

《조선지광》 64호, 1927. 2

바다 2

한 백년 진흙 속에
숨었다 나온 듯이,

게처럼 옆으로
기여가 보노니,

머언 푸른 하늘 알로
가이 없는 모래 밭.

《조선지광》 64호, 1927. 2

바다 3

외로운 마음이

한종일 두고

바다를 불러 —

바다 우로

밤이

걸어 온다.

《조선지광》 64호, 1927. 2

바다 4

후주근한 물결소리 등에 지고 홀로 돌아가노니
어데선지 그누구 씨러저[61] 울음 우는듯한 기적,

돌아 서서 보니 먼 등대가 반짝 반짝 깜박이고
갈메기떼 끼루룩 끼루룩 비를 부르며 날어간다.

울음 우는 이는 등대도 아니고 갈메기도 아니고
어덴지 홀로 떠러진 이름 모를 스러움[62]이 하나.

《조선지광》 64호, 1927. 2

---

61 쓰러져.
62 서러움.

바다 5

바둑 돌 은
내 손아귀에 만져지는것이
퍽은 좋은가 보아.

그러나 나는
푸른바다 한복판에 던졌지.

바둑돌은
바다로 각구로[63] 떠러지는것이
퍽은 신기 한가 보아.

당신 도 인제는
나를 그만만 만지시고,
귀[64]를 들어 팽개를 치십시요.

나 라는 나도

---

63 거꾸로.
64 넓적한 물체의 구석진 모퉁이.

바다로 각구로 떠러지는 것이,

픽은 시원 해요.

바독 돌의 마음과

이 내 심사는

아아무도 모르지라요.

《조선지광》 65호, 1927. 3

갈메기

돌아다 보아야 언덕 하나 없다, 솔나무 하나 떠는 풀잎 하나
없다.

해는 하늘 한 복판에 백금白金도가니처럼 끓고, 똥그란 바다는
이제 팽이처럼 돌아간다.

갈메기야, 갈메기야, 늬는 고양이 소리를 하는구나.

고양이가 이런데 살리야 있나, 늬는 어데서 났니? 목이야 히
기도 히다, 나래도 히다, 발톱이 깨끗하다, 뛰는 고기를 문다.

힌물결이 치여들때 푸른 물구비가 나려 앉을때,

갈메기야, 갈메기야 아는듯 모르는듯 늬는 생겨났지,

내사 검은 밤ㅅ비가 섬돌우에 울때 호롱ㅅ불앞에 났다더라.

내사 어머니도 있다, 아버지도 있다, 그이들은 머리가 히시다.

나는 허리가 가는 청년이라, 내홀로 사모한이도 있다, 대추나
무 꽃 피는 동네다 두고 왔단다.

갈메기야, 갈메기야, 늬는 목으로 물결을 감는다, 발톱으로 민
다.

물속을 든다, 솟는다, 떠돈다, 모로 날은다.

늬는 쌀을 아니 먹어도 사나? 내손이사 짓부푸러졌다.[65]

---

65 심하게 부풀어 올랐다.

수평선우에 구름이 이상하다, 돛폭에 바람이 이상하다.

팔뚝을 끼고 눈을 감었다, 바다의 외로움이 검은 넥타이 처럼

많어진다.

《조선지광》 80호, 1928. 9

3

해바라기씨

해바라기 씨를 심자.
담모롱이 참새 눈 숨기고
해바라기 씨를 심자.

누나가 손으로 다지고 나면
바둑이가 앞발로 다지고
괭이가 꼬리로 다진다.

우리가 눈감고 한밤 자고 나면
이실[01]이 나려와 가치 자고 가고,

우리가 이웃에 간 동안에
해ㅅ빛이 입마추고 가고,

해바라기는 첫시약시 인데
사흘이 지나도 부끄러워
고개를아니 든다.

---

01 이슬.

가만히 엿보러 왔다가

소리를 깩! 지르고 간놈이 —

오오, 사철나무 잎에 숨은

청개고리 고놈 이다.

《신소년》 5권 6호, 1927. 6

지는해

우리 옵바 가신 곳은
해님 지는 서해西海 건너
멀리 멀리 가섰다네.
웬일인가 저 하늘이
피ㅅ빛 보담 무섭구나!
날리 났나. 불이 났나.

《학조》1호, 1926. 6

띠

하늘 우에 사는 사람
머리에다 띠를 띠고,

이땅 우에 사는 사람
허리에다 띠를 띠고,

땅속나라 사는 사람
발목에다 띠를 띠네.

《학조》 1호, 1926. 6

산넘어저쪽

산넘어 저쪽 에는
누가 사나?

뻐꾹이 영우 에서
한나잘 울음 운다.

산넘어 저쪽 에는
누가 사나?

철나무 치는 소리만
서로 맞어 쩌 르 렁!

산넘어 저쪽 에는
누가 사나?

늘 오던 바늘장수도
이봄 들며 아니 뵈네.

《신소년》 5권 5호, 1927. 5

홍시

어적게도 홍시 하나.
오늘에도 홍시 하나.

까마귀야. 까마귀야.
우리 남게[02] 웨 앉었나.

우리 옵바 오시걸랑.
맛뵐라구 남겨 뒀다.

후락 딱 딱
훠이 훠이!

《학조》1호, 1926. 6

02 나무에.

무서운 시계時計

옵바가 가시고 난 방안에
숫불이 박꽃처럼 새워간다.

산모루[03] 돌아가는 차, 목이 쉬여
이밤사 말고 비가 오시랴나?

망토 자락을 녀미며 녀미며
검은 유리만 내여다 보시겠지!

옵바가 가시고 나신 방안에
시계소리 서마 서마[04] 무서워.

《문예월간》 3호, 1932. 1

---

03 산모퉁이.
04 시계의 초침 소리를 무서운 느낌을 담아 의성한 것.

삼월三月 삼질날

중, 중, 때때 중,
우리 애기 까까 머리.

삼월 삼질 날,
질나라비, 훨, 훨,
제비 새끼, 훨, 훨,

쑥 뜯어다가
개피 떡 만들어.
호, 호, 잠들여 놓고
냥, 냥, 잘도 먹었다.

중, 중, 때때 중,
우리 애기 상제[05]로 사갑소.

《학조》1호, 1926. 6

05 상좌上佐. 절의 행자.

딸레

딸레와 쬐그만 아주머니,
앵도 나무 밑에서
우리는 늘 셋동무.

딸레는 잘못 하다
눈이 멀어 나갔네.

눈먼 딸레 찾으러 갔다 오니,
쬐그만 아주머니 마자
누가 다려 갔네.

방울 혼자 흔들다
나는 싫여 울었다.

《학조》1호, 1926. 6

산소

서낭산[06] ㅅ골 시오리 뒤로 두고
어린 누의 산소를 묻고 왔오.
해마다 봄ㅅ바람 불어를 오면,
나드리 간 집새 찾어 가라고
남먼히[07] 피는 꽃을 심고 왔오.

미상 《정지용 시집》 1935. 10

06 서낭당이 있는 산.
07 남먼히 : 물끄러미.

종달새

삼동내 ─ 얼었다 나온 나를
종달새 지리 지리 지리리………

웨저리 놀려 대누.

어머니 없이 자란 나를
종달새 지리 지리 지리리………

웨저리 놀려 대누.

해바른 봄날 한종일 두고
모래톱에서 나홀로 놀자.

미상《정지용 시집》1935. 10

병

부헝이 울든 밤
누나의 이야기―

파랑병을 깨치면
금시 파랑바다.

빨강병을 깨치면
금시 빨강 바다.

뻐꾹이 울든 날
누나 시집 갔네―

파랑병을 깨트려
하늘 혼자 보고.

빨강병을 깨트려
하늘 혼자 보고.

《학조》1호, 1926. 6

할아버지

할아버지가
담배ㅅ대를 물고
들에 나가시니,
궂은 날도
곱게 개이고,

할아버지가
도롱이를 입고
들에 나가시니,
가믄 날도
비가 오시네.

《신소년》 5권 5호, 1927. 5

말

말아, 다락 같은 말아,

너는 즘잔도 하다 마는

너는 웨그리 슬퍼 뵈니?

말아, 사람편인 말아,

검정 콩 푸렁 콩을 주마.

※

이말은 누가 난줄도 모르고

밤이면 먼데 달을 보며 잔다.

《조선지광》 69호, 1927. 7

산에서 온 새

새삼나무 싹이 튼 담우에
산에서 온 새가 울음 운다.

산엣 새는 파랑치마 입고.
산엣 새는 빨강모자 쓰고.

눈에 아름 아름 보고 지고.
발 벗고 간 누의 보고 지고.

따순 봄날 이른 아침 부터
산에서 온 새가 울음 운다.

《어린이》 4권 10호, 1926. 11

바람[08]

바람.

바람.

바람.

늬는 내 귀가 좋으냐?

늬는 내 코가 좋으냐?

늬는 내 손이 좋으냐?

내사 왼통 빩애 젔네.

내사 아므치도 않다.

호 호 칩어라 구보로!

미상 《정지용 시집》 1935. 10

08 1장 031쪽에 실린 시 〈바람〉과 제목이 중복되는 작품이다. 앞의 시는 1932년 4월 《동방평론》 1호에 실렸던 작품이며, 이곳에 실린 시 〈바람〉은 1935년의 『정지용 시집』 외 다른 지면에서의 발표 여부는 확인되지 않는다.

별똥

별똥 떠러진 곳,

마음해 두었다

다음날 가보려,

벼르다 벼르다

인젠 다 자랐오.

《학조》1호, 1926. 6

기차汽車

할머니
무엇이 그리 슬어 우십나?
울며 울며
녹아도鹿兒島[09]로 간다.

해여진 왜포[10] 수건에
눈물이 함촉,
영! 눈에 어른거려
기대도 기대도
내 잠못들겠소.

내도 이가 아퍼서
고향 찾어 가오.

배추꽃 노란 사월四月 바람을
기차는 간다고

---

09 가고시마의 옛 표현. 일본 규슈 최남단에 위치한 도시이다.
10 광목.

악 물며 악물며 달린다.

《동방평론》 4호, 1932. 7

고향故鄕

고향에 고향에 돌아와도
그리던 고향은 아니러뇨.

산꽁이 알을 품고
뻐꾹이 제철에 울건만,

마음은 제고향 진히지[1] 않고
머언 항구로 떠도는 구름.

오늘도 메끝에 홀로 오르니
흰점 꽃이 인정스레 웃고,

어린 시절에 불던 풀피리 소리 아니나고
메마른 입술에 쓰디 쓰다.

고향에 고향에 돌아와도
그리던 하늘만이 높푸르구나.

《동방평론》 4호. 1932. 7

11 지니지

산엣 색씨 들녁 사내

산엣 새는 산으로,
들녁 새는 들로.
산엣 색씨 잡으러
산에 가세.

작은 재를 넘어 서서,
큰 봉엘 올라 서서,

「호―이」
「호―이」

산엣 색씨 날래기가
표범 같다.

치달려 다러나는
산엣 색씨,
활을 쏘아 잡었읍나?

아아니다,

들녁 사내 잡은 손은

참아 못 놓더라.

산엣 색씨,

들녁 쌀을 먹였더니

산엣 말을 잊었읍데.

들녁 마당에

밤이 들어,

활 활 타오르는 화투불 넘

넘어다 보면—

들녁 사내 선우슴 소리,

산엣 색씨

얼골 와락 붉었더라.

《문예시대》 1호, 1926. 11

내 맘에 맞는 이

당신은 내맘에 꼭 맞는이.

잘난 남보다 조그만치만

어리둥절 어리석은척

옛사람 처럼 사람좋게 웃어좀 보시요.

이리좀 돌고 저리좀 돌아 보시요.

코 쥐고 뺑뺑이 치다 절한번만 합쇼.

호. 호. 호. 호. 내맘에 꼭 맞는이.

큰말 타신 당신이

쌍무지개 홍예문 틀어세운 벌로

내달리시면

나는 산날맹이[12] 잔디밭에 앉어

기(구령ㅁ슈)를 부르지요.

「앞으로—가. 요.」

「뒤로—가. 요.」

12 산등성이.

키는 후리후리. 어깨는 산ㅅ고개 같어요.

호. 호. 호. 호. 내맘에 맞는이.

《조선지광》 64호, 1927. 2

무어래요

한길로만 오시다

한고개 넘어 우리집.

앞문으로 오시지는 말고

뒤ㅅ동산 새이ㅅ길로 오십쇼.

늦인 봄날

복사꽃 연분홍 이슬비가 나리시거든

뒤ㅅ동산 새이ㅅ길로 오십쇼.

바람 피해 오시는이 처럼 들레시면

누가 무어래요?

《조선지광》 64호, 1927. 2

숨스기 내기[13]

나― ㄹ 눈 감기고 숨으십쇼.
잣나무 알암나무 안고 돌으시면
나는 샅샅이 찾어 보지요.

숨스기 내기 해종일 하며는
나는 슬어워 진답니다.

슬어워 지기 전에
파랑새 산양[14]을 가지요.

떠나온지 오랜 시골 다시 찾어
파랑새 산양을 가지요.

《조선지광》 64호, 1927. 2

---

13 산양 사냥.
14 사냥.

비듥이

저 어는 새떼가 저렇게 날러오나?
저 어는 새떼가 저렇게 날러오나?

사월ㅅ달 해ㅅ살이
물 능오리¹⁵ 치덧하네.

하눌바래기 하눌만 치여다 보다가
하마 자칫 잊을번 했던
사랑, 사랑이

비듥이 타고 오네요.
비듥기 타고 오네요.

《조선지광》 64호, 1927. 2

---

15 너울. 바다의 크고 사나운 물결..

불사조不死鳥

비애悲哀! 너는 모양할수도[01] 없도다.

너는 나의 가장 안에서 살었도다.

너는 박힌 화살, 날지안는 새,

나는 너의 슬픈 울음과 아픈 몸짓을 진히노라.

너를 돌려보낼 아모 이웃도 찾지 못하였노라.

은밀히 이르노니 ─「행복」이 너를 아조 싫여하더라.

너는 짐짓 나의 심장을 차지하였더뇨?

비애! 오오 나의 신부! 너를 위하야 나의 창愴과 우슴을 닫었

노라.

이제 나의 청춘이 다한 어느날 너는 죽었도다.

그러나 너를 묻은 아모 석문石門도 보지 못하였노라.

스사로 불탄 자리 에서 나래를 펴는

---

01 모양을 보일 수도.

오오 비애! 너의 불사조不死鳥 나의 눈물이여!

《가톨릭청년》 10호, 1934. 3

나무

얼골이 바로 푸른 한울을 울어렀기에
발이 항시 검은 흙을 향하기 욕되지 않도다.

곡식알이 거꾸로 떨어저도 싹은 반듯이 우로!
어느 모양으로 심기여졌더뇨? 이상스런 나무 나의 몸이여!

오오 알맞는 위치! 좋은 우아래!
아담의 슬픈 유산遺産도 그대로 받었노라.

나의 적은 연륜으로 이스라엘의 이천년을 헤였노라.
나의 존재는 우주의 한낱초조한 오점汚點이었도다.

목마른 사슴이 샘을 찾어 입을 잠그듯이
이제 그리스도의 못박히신 발의 성혈聖血에 이마를 적시며—

오오! 신약新約의 태양을 한아름 안다.

《가톨릭청년》10호, 1934. 3

은혜 恩惠

회한悔恨도 또한
거룩한 은혜.

깁실[02]인듯 가느른 봄볕이
골에 굳은 얼음을 쪼기고,

바늘 같이 쓰라림에
솟아 동그는 눈물!

귀밑에 아른거리는
요염한 지옥불을 끄다.

간곡한 한숨이 뉘게로 사모치느뇨?
질식한 영혼에 다시 사랑이 이실나리도다.

회한에 나의 해골을 잠그고져.
아아 아프고져!

《가톨릭청년》4호, 1933. 9

02 견사繭絲. 비단실.

별[03]

누어서 보는 별 하나는
진정 멀 – 고나.

아스름 다치랴는[04] 눈초리와
금金실로 잇은듯 가깝기도 하고,

잠살포시 깨인 한밤엔
창유리에 붙어서 였보노나.

불현 듯, 소사나 듯,
불리울 듯, 맞어드릴 듯,

문득, 령혼[05] 안에 외로운 불이
바람 처럼 일는 회한에 피여오른다.

---

03 1933년 9월《가톨릭청년》4호에 발표하였다. 2부 「백록담」 4장 205쪽에 같은 제목
의 시가 한 편 더 있다.

04 닫히려는.

05 본문 시 중 '령혼'이라고 표기한 경우는 정지용의 시 원본을 그대로 따른 것이며, '영혼'
이라고 표기한 경우는 정지용이 한자 표기한 '靈魂'을 한글로 바꾸어 표기한 것이다.

힌 자리옷 채로 일어나

가슴 우에 손을 넘이다[06]

《가톨릭청년》 4호, 1933. 9

06 여미다.

임종臨終

나의 림종하는 밤은
귀또리 하나도 울지 말라.

나종 죄를 들으신 신부神父는
거룩한 산파처럼 나의영혼을 갈르시라.

성모취결례聖母就潔禮[07] 미사때 쓰고남은 황촉黃燭불!

담머리에 숙인 해바라기꽃과 함께
다른 세상의 태양을 사모하며 돌으라.

영원한 나그내ㅅ길 노자路資로 오시는
성주聖主 예수의 쓰신 원광圓光!
나의 령혼에 칠색七色의 무지개를 심으시라.

나의 평생이오 나종인 괴롬!
사랑의 백금白金도가니에 불이 되라.

---

07 예수봉헌축일. 모세의 법에 따라 예수의 부모가 아기 예수를 성전에 바친 사실을 기
    념하는 축일.

144

달고 달으신 성모聖母의 일홈[08] 불으기에

나의 입술을 타게하라.

《가톨릭청년》 4호, 1933. 9

08 이름.

갈릴레아 바다

나의 가슴은
조그만 「갈릴레아 바다」.

때없이 설레는 파도는
미美한 풍경을 이룰수 없도다.

예전에 문제門弟들은
잠자시는 주主를 깨웠도다.

주主를 다만 깨움으로
그들의 신덕信德은 복되도다.

돗폭은 다시 펴고
키는 방향을 찾았도다.

오늘도 나의 조그만 「갈릴레아」에서
주主는 짐짓 잠자신 줄을─.

바람과 바다가 잠잠한 후에야

나의 탄식은 깨달었도다.

《가톨릭청년》 4호, 1933. 9

그의 반

내 무엇이라 이름하리 그를?

나의 령혼안의 고흔 불,

공손한 이마에 비추는 달,

나의 눈보다 갑진이,

바다에서 솟아 올라 나래 떠는 금성金星,

쪽빛 하늘에 흰꽃을 달은 고산식물,

나의 가지에 머물지 않고

나의 나라에서도 멀다.

홀로 어여삐 스사로 한가러워―항상 머언이,

나는 사랑을 모르노라 오로지 수그릴뿐.

때없이 가슴에 두손이 염으여지며

구비 구비 돌아나간 시름의 황혼黃昏길우―

나― 바다 이편에 남긴

그의 반 임을 고히 진히고 것노라[09].

《시문학》 3호, 1931. 10

---

09 지니고 걷노라.

다른한울

그의 모습이 눈에 보이지 않었으나
그의 안에서 나의 호흡이 절로 달도다.

물과 성신聖神으로 다시 낳은 이후
나의 날은 날로 새로운 태양이로세!.

뭇사람과 소란한 세대에서
그가 다맛 내게 하신 일을 진히리라!.

미리 가지지 않었던 세상이어니
이제 새삼 기다리지 않으련다.

영혼은 불과 사랑으로! 육신은 한낮 괴로움.
보이는 한울은 나의 무덤을 덮을뿐.

그의 옷자락이 나의 오관伍官에 사모치지 안었으나
그의 그늘로 나의 다른 한울을 삼으리라.

《가톨릭청년》 9호, 1934. 2

또 하나 다른 태양 太陽

온 고을이 밧들만 한
장미 한가지가 솟아난다 하기로
그래도 나는 고하 아니하련다.

나는 나의 나히와 별과 바람에도 피로웁다.

이제 태양을 금시 일어 버린다 하기로
그래도 그리 놀라울리 없다.

실상 나는 또하나 다른 태양으로 살었다.

사랑을 위하얀 입맛도 일는다.
외로운 사슴처럼 벙어리 되어 산길에 슬지라도─

오오, 나의 행복은 나의 성모마리아!

《가톨릭청년》 9호, 1934. 2

발跋

천재 있는 시인詩人이 자기의 제작制作을 한번 지나가버린 길
이오 넘어간 책장같이 여겨 그것을 소중히 알고 앨써 모아두
고 하지않고 물우에 떠러진 꽃잎인듯 흘러가 버리는대로 두
고서 한다하면 그 또한 그럴듯한 심원心願이리라. 그러나 범용
凡庸한 독자讀者란 또한 있어 이것을 인색한 사람 구슬 갈므듯
하려고 「다시또한번」을찾어 그것이 영원한 화병花瓶에 새
겨 머믈러짐을 바라기까지 한다.

지용의 시詩가 처음 조선지광朝鮮之光 소화이년이월昭和二年二
月에 발표發表된 뒤로 어느듯 십년十年에 가까운 동안을 두고
여러가지 간행물刊行物에 흩어저 나타낫던 작품作品들이 이 시
집詩集에 모아지게 된 것은 우리의 독자적심원讀者的心願이 이
루어지는 기쁜일이다. 단순單純히 이기쁨의 표백表白인 이 발
문跋文을 쓰는가운대 내가 조금이라도 서문序文스런 소리를
느려놀 일은 아니오 시詩는 제스사로 할말을 하고 갈 자리에
갈 것이지마는 그의 시적발전詩的發展을 살피는데 다소多少의

연대관계年代關係와 부별部別의 설명說明이 없지못할것이다.

제이부第二部에 수합收合 된것은 조기시편初期詩篇들이다 이 시기時期는 그가 눈물을 구슬같이 알고 지어라도 내려는듯하든 시류時流에 거슬러서 많은 많은 눈물을 가벼이 진실로 가벼이 휘파람불며 비누방울 날리든 때이다.

제삼부第三部 요謠는 같은 시기時期의 부산副産으로 자연동요自然童謠의 풍조風調를 그대로 띤 동요류童謠類와 민요풍시편民謠風詩篇 들이오.

제일부第一部는 그가 가톨릭으로 개종改宗한 이후 촉불과손, 유리창, 바다·1등等으로 비롯해서 제작制作된 시편詩篇들로 그 심화深化된 시경詩境과 타협妥協 없는 감각感覺은 초기初期 제작諸作이 손쉽게 친밀親密해질수 있는 것과는 또다른 경지境地를 밟고있다.

제사부第四部는 그의 신앙信仰과 직접直接 관련關聯 있는 시편詩篇들이오.

제오부第伍部는 소묘素描라는 제題를 띠였든 산문이편散文二篇이다.

그는 한군대 자안自安하는 시인詩人이기 보다 새로운 시경詩境의 개척자開拓者이려한다. 그는 이미 사색思索과 감각感覺의 오묘娛妙한 결합結合을 향向해 발을 내여 드딛듯이 보인다. 여기 모인 팔십구편八十九篇은 말할것없이 그의 제일시집第一詩集인 것이다.

이 아름다운 시집詩集에 이 졸拙한 발문跋文을 부침이 또한 아름다운 인연이라고 불려지기를 가만이 바라며

박용철朴龍喆

2

백
록
담

1

장수산長壽山 1

벌목정정伐木丁丁[01] 이랬거니 아람도리[02] 큰솔이 베혀짐즉도
하이 골이 울어 멩아리 소리 쩌르렁 돌아옴즉도 하이 다
람쥐도 좃지 않고 뫼ㅅ새도 울지 않어 깊은산 고요가 차라
리 뼈를 저리우는데 눈과 밤이 조히보담 희고녀! 달도 보름
을 기달려 흰 뜻은 한밤 이골을 걸음이란다?[03] 웃절 중이 여
섯판에 여섯번 지고 웃고 올라 간뒤 조찰히[04] 늙은 사나히의
남긴 내음새를 줏는다? 시름은 바람도 일지 않는 고요에 심
히 흔들리우노니 오오 견듸란다 차고 올연兀然히 슬픔도
꿈도 없이 장수산長壽山 속 겨울 한밤내ㅡ

《문장》1권 2호, 1939. 3

---

01 『시경詩經』「소아小雅, 벌목伐木」편에 나오는 구절로, 나무를 벨 때 나는 소리를 표현한
   것이다.

02 아름드리.

03 걷기 위해서일까?

04 조촐히. 깨끗이.

장수산長壽山 2

풀도 떨지 않는 돌산이오   돌도 한덩이로   열두골을 고비고
비 돌았세라   찬 하눌이 골마다   따로 씨우었고   어름이 굳
이 얼어   드딤돌이 믿음즉 하이   꿩이 긔고 곰이 밟은 자옥에
나의 발도 노히노니   물소리   귀또리처럼   즉즉喞喞[05]하눗다
피락 마락하는 해ㅅ살에   눈우에 눈이 가리어 앉다 흰시울 알
에 흰시울이   눌리워 숨쉬는다[06]   온산중 나려앉는 휙진[07] 시
울들이   다치지 안히[08]!   나도 내더져[09] 앉다   일즉이 진달레
꽃그림자에 붉었던   절벽 보이한 자리 우에!

《문장》1권 2호, 1939. 3

---

05 풀벌레가 우는 소리.

06 '흰시울 알에 흰시울이 눌리워 숨쉬는다'는 햇살에 눈이 부신 상태를 표현한 구절이
   다. '시울'은 약간 굽거나 휜 부분의 가장자리로, 흔히 눈이나 입의 언저리를 일컫는다.
   '알에'는 '아래'를 뜻한다. '눌리워 숨쉬는다'는 '눌리워도 숨쉬는 것인가'를 의미한다.

07 살집이 있어 듬직한 상태를 가리킨다.

08 다치지 않는구나.

09 내던져진 듯.

백록담 白鹿潭

1

절정絶頂에 가까울수록 뻑국채 꽃키가 점점 소모된다. 한마루
오르면 허리가 슬어지고 다시 한마루 우에서 목아지가 없고
나종에는 얼골만 갸옷 내다본다. 화문花紋처럼 판版박힌다. 바
람이 차기가 함경도끝과 맞서는 데서 뻑국채 키는 아조 없어
지고도 팔월한철엔 흩어진 성신星辰처럼 난만하다. 산그림자
어둑어둑하면 그러지 않어도 뻑국채 꽃밭에서 별들이 켜든
다. 제자리에서 별이 옮긴다. 나는 여긔서 기진했다.

2

암고란巖古蘭, 환약 같이 어여쁜 열매로 목을 축이고 살어 일
어섰다.

3

백화白樺 옆에서 백화가 촉루髑髏가 되기까지 산다. 내가 죽어
백화처럼 흴것이 숭없지 않다.

4

귀신도 쓸쓸하여 살지 않는 한모통이, 도체비꽃이 낮에도 혼
자 무서워 파랗게 질린다.

5

바야흐로 해발육천척呎우에서 마소가 사람을 대수롭게 아니

녀기고 산다. 말이 말끼리 소가 소끼리, 망아지가 어미소를 송아지가 어미말을 따르다가 이내 헤여진다.

6

첫새끼를 낳노라고 암소가 몹시 혼이 났다. 얼결에 산길 백리를 돌아 서귀포로 달어났다. 물도 마르기 전에 어미를 여힌 송아지는 움매 - 움매 - 울었다. 말을 보고도 등산객을 보고도 마고 매여달렸다. 우리 새끼들도 모색毛色이 다른 어미한틔 맡길 것을 나는 울었다.

7

풍란風蘭이 풍기는 향기, 꾀꼬리 서로 부르는 소리, 제주회파람새 회파람부는 소리, 돌에 물이 따로 굴으는 소리, 먼 데서 바다가 구길때 쏴 - 쏴 - 솔소리, 물푸레 동백 떡갈나무속에서 나는 길을 잘못 들었다가 다시 측넌출[10] 긔여간 흰돌바기[11] 고부랑길로 나섰다. 문득 마조친 아롱점말[12]이 피하지 않는다.

8

고비 고사리 더덕순 도라지꽃 취 삭갓나물 대풀 석이石茸 별과

---

10 칡넝쿨.

11 흰 돌이 있는.

12 아롱아롱한 점을 가진 말.

같은 방울을 달은 고산식물을 색이며 취하며 자며 한다. 백록담 조찰한 물을 그리여 산맥우에서 짓는 행렬이 구름보다 장엄하다. 소나기 놋낫[13] 맞으며 무지개에 말리우며 궁둥이에 꽃물 익여 붙인채로 살이 붓는다.

9

가재도 긔지 않는 백록담 푸른 물에 하눌이 돈다. 불구에 가깝도록 고단한 나의 다리를 돌아 소가 갔다. 좇겨온 실구름 일말에도 백록담은 흐리운다. 나의 얼골에 한나잘 포긴 백록담은 쓸쓸하다. 나는 깨다 졸다 기도조차 잊었더니라.

《문장》 1권 3호, 1939. 4

---

13 노박이로. 줄곧 한 가지에만 붙박이로, 줄곧 계속하여.

비로봉 毘盧峯[14]

담장이
물 들고,

다람쥐 꼬리
숯이 짙다.

산맥우의
가을ㅅ길―

이마바르히[15]
해도 향그롭어

지팽이
자진 마짐[16]

14 《조선일보》에 1937년 6월 9일 처음 발표하고 이후 1938년 8월 《청색지》 2호에 재발
표 한 시이다. 1부 「정지용시집」 1장 024쪽에도 같은 제목의 시가 실려 있다.

15 이마를 바르게 드니.

16 잦은 맞음. 자주 맞으니.

흰들이

우슷다[17].

백화白樺 홀홀

허울 벗고,

꽃 옆에 자고

이는 구름,

바람에

아시우다.[18]

《조선일보》 1937. 6. 9

---

17 흰돌이 웃는다. 원본에 '흰돌'이 아닌 '흰들'로 인쇄되어 있는 것은 오기로 추측된다.

18 앗이다. '빼앗기다'의 옛 표현이다. 이 시에서는 '사라지다'로 해석이 가능하다.

구성동九城洞

골작에는 흔히
유성流星이 묻힌다.

황혼黃昏에
누뤼[19]가 소란히 싸히기도 하고,

꽃도
귀향 사는곳,

절터ㅅ드랬는데
바람도 모히지 않고

산山그림자 설핏하면[20]
사슴이 일어나 등을 넘어간다.

《조선일보》 1937. 6. 9

---

19 우박.

20 희미하게 비치면.

옥류동玉流洞

골에 하늘이
따로 트이고,

폭포 소리 하잔히
봄우뢰를 울다.

날가지²¹ 겹겹히
모란꽃닢 포기이는듯.

자위 돌아²² 사풋 질ㅅ듯²³
위태로히 솟은 봉오리들.

골이 속 속 접히어 들어
이내(청람晴嵐)가 새포롬 서그러거리는 숫도림.²⁴

---

21 산의 원줄기에서 날개처럼 옆으로 뻗은 곁줄기.
22 무거운 물건이 있던 자리에서 약간 움직이는 것.
23 사풋 가볍게 떨어질 듯.
24 사람의 발길이 닿지 않은 외진 곳.

꽃가루 묻힌양 날러올라

나래 떠는 해.

보라빛 해ㅅ살이

폭幅지어 빗겨 걸치이매,

기슭에 약초들의

소란한 호흡!

들새도 날러들지 않고

신비神秘가 한끗 저자 선 한낮.²⁵

물도 젖여지지 않어

흰돌 우에 따로 구르고,

닥어 스미는 향기에

길초마다²⁶ 옷깃이 매워라.

---

25 한껏 장이 선 것처럼 넓고 가득 퍼진 상태.
26 길목마다.

귀또리도

흠식 한양[27]

옴짓

아니 긘다[28].

《조광》 25호, 1937. 11

---

27 흠식 들이마신 양.

28 옴짓 아니 긘다: 움직이지 않는다.

조찬 朝餐

해ㅅ살 피여
이윽한 후,

머흘 머흘[29]
골을 옮기는 구름.

길경桔梗[30] 꽃봉오리
흔들려 씻기우고.

차돌부터
촉 촉 죽순 돋듯.

물 소리에
이가 시리다.

앉음새 갈히여[31]

---

29 '머흘다'(험하다)의 어간만을 중첩하여 구름이 크게 피어나는 모습.
30 도라지.
31 가리어.

양지 쪽에 쪼그리고,

서러운 새 되어
흰 밥알을 쫏다.

《문장》 3권 1호, 1941. 1.

비

돌에
그늘이 차고,

따로 몰리는
소소리 바람.[32]

앞 섰거니 하야
꼬리 치날리여 세우고,

종종 다리 깟칠한
산새 걸음거리.

여울 지여
수척한 흰 물살,

갈갈히
손가락 펴고.

_____
32 회오리 바람

멋은듯

새삼 돋는 비人낯[33]

붉은 닢 닢

소란히 밟고 간다.

《문장》 3권 1호, 1941. 1.

---

33 빗방울.

인동차忍冬茶

노주인의 장벽腸壁에
무시無時로 인동忍冬 삼긴물[34]이 나린다.

자작나무 덩그럭 불이
도로 피여 붉고,

구석에 그늘 지여
무가 순돋아 파릇 하고,

흙냄새 훈훈히 김도 사리다가
바깥 풍설風雪소리에 잠착 하다[35].

산중에 책력冊曆도 없이
삼동三冬이 하이얗다.

《문장》3권 1호, 1941. 1.

---

34 우려낸 물.
35 참척하다. 한 가지 일에 정신을 골몰하다.

붉은손

엇깨가 둥글고
머리ㅅ단이 칠칠히,
산에서 자라거니
이마가 알빛 같이 희다.

검은 버선에 흰 볼을 받아 신고[36]
산과일 처럼 얼어 붉은 손,
길 눈을 헤쳐
돌 틈에 트인 물을 따내다.

한줄기 푸른 연긔 올라
집웅도 해ㅅ살에 붉어 다사롭고,
처녀는 눈 속에서 다시
벽오동 중허리 파릇한 냄새가 난다.

수집어 돌아 앉고, 철아닌 나그내 되어,
서려오르는 김에 낯을 비추우며

---

36 흰 헝겊을 덧대어 기워 신고.

돌 틈에 이상하기 하눌 같은 샘물을 기웃거리다.

《문장》 3권 1호, 1941. 1.

꽃과벗

석벽 깎아지른
안돌이 지돌이,[37]
한나절 기고 돌았기
이제 다시 아슬아슬 하고나.

일곱 거름 안에
벗은, 호흡이 모자라
바위 잡고 쉬며 쉬며 오를 제,
산꽃을 따,
나의 머리며 옷깃을 꾸미기에,
오히려 바빴다.

나는 번인蕃人[38]처럼 붉은 꽃을 쓰고,
약弱하야 다시 위엄스런 벗을
산길에 따르기 한결 즐거웠다.

---

37 험한 산길에 바위 같은 것을 안고 간신히 돌아가게 된 곳이 '안돌이'며 바위에 등을 대고 가까스로 돌아가게 된 곳이 '지돌이'다.

38 오랑캐, 미개인.

새소리 끊인 곳,

흰돌 이마에 회돌아 서는 다람쥐 꼬리로

가을이 짙음을 보았고,

가까운듯 폭포가 하잔히 울고,

멩아리 소리 속에

돌아져 오는

벗의 불음[39]이 더욱 곻았다.

삽시 엄습해 오는

비ㅅ낯을 피하야,

짐승이 버리고 간 석굴을 찾아들어,

우리는 떨며 주림을 의논하였다.

백화白樺 가지 건너

짙푸르러 찡그린 먼 물이 오르자,

---

39 부름.

꼬아리[40]같이 붉은 해가 잠기고,

이제 별과 꽃 사이
길이 끊어진 곳에
불을 피고 누었다.

낙타털 케트[41]에
구기인채
벗은 이내 나븨 같이 잠들고,

높이 구름우에 올라,
나릇[42]이 잡힌 벗이 도로혀[43]
안해 같이 여쁘기에,
눈 뜨고 지키기 싫지 않었다.

《문장》 3권 1호, 1941. 1.

---

40 꽈리.
41 침낭.
42 수레의 양쪽에 있는 기다란 채.
43 도리어.

폭포瀑布

산ㅅ골에서 자란 물도
돌베람빡 낭떨어지에서 겁이 났다.

눈ㅅ뎅이 옆에서 졸다가
꽃나무 알로 우정[44] 돌아

가재가 긔는 골작
죄그만 하늘이 갑갑했다.

갑자기 호숩어질랴니[45]
마음 조일 밖에.

흰 발톱 갈갈이
앙징스레도 할퀸다.

어쨌던 너무 재재거린다.

---

44 일부러.

45 '호습다'는 "무엇을 타고 내려올 때 짜릿한 느낌이 드는 것"을 말한다.

나려질리자[46] 쫄빽 물도 단번에 감수했다.[47]

심심 산천에 고사리ᄉ밥
모조리 졸리운 날

송화ᄉ가루
놓랗게 날리네.

산수山水 따러온 신혼新婚 한쌍
앵두 같이 상긔했다.

돌뿌리 뾰죽 뾰죽 무척 고브라진 길이
아기 자기 좋아라 왔지!

하인리히 하이네ᄉ적부터
동그란 오오 나의 태양도

_____

46 갑자기 아래로 떨어지자.
47 얌전해졌다.

겨우 끼리끼리의 발굽치를

조롱 조롱 한나잘 따러왔다.

산간에 폭포수는 암만해도 무서워서

긔염 긔염 긔며 나린다.

《조광》 9호, 1936. 7.

온정 溫井

그대 함끠 한나잘 벗어나온 그머흔 골작이[48] 이제 바람이 차
지하는다   앞낡의 곱은 가지[49]에 걸리어 파람 부는가 하니
창을 바로치놋다   밤 이윽자 화로ㅅ불 아섭어 지고   촉불도
치위타는양 눈섭 아사리느니[50]   나의 눈동자 한밤에 푸르러
누은 나를 지키는다   푼푼한 그대 말씨 나를 이내 잠들이고
옮기섰는다   조찰한[51] 벼개로 그대 예시니[52]   내사 나의 슬기
와 외롬을 새로 고를 밖에!   땅을 쪼기고 솟아 고히는 태고로
한양 더운물   어둠속에 홀로 지적거리고   성긴 눈이 별도 없
는 거리에 날리어라.

《삼천리문학》 2호, 1938. 4.

---

48 험한 골짜기.
49 앞 나무의 굽은 가지.
50 희미하게 움츠러들다.
51 깨끗한.
52 가시니.

삽사리

그날밤 그대의 밤을 지키든 삽사리 괴임즉도[53] 하이   짙은 울 가시사립 굳이 닫히었거니   덧문이오 미닫이오 안의 또 촉불 고요히 돌아 환히 새우었거니   눈이 치로 싸힌 고샷길[54] 인기척도 아니하였거니   무엇에 후젓허든 맘 못뇌히길래 그리 짖었드라니 어름알로 잔돌사이 뚫로라 죄죄대든 개울 물소리 기여 들세라   큰봉을 돌아 둥그레 둥긋이 넘쳐오든 이윽달[55]도 선뜻 나려 설세라 이저리 서대든것이러냐[56]   삽사리 그리 굴음즉도 하이   내사 그대ㄹ 새레[57] 그대것엔들 다흘법도 하리[58]   삽사리 짖다 이내 허울한 나룻[59] 도사리고   그대 벗으신 곻은 신이마 위하며 자드니라.

《삼천리문학》 2호, 1938. 4.

---

53 사랑받을 만도 하구나.

54 키까지 쌓인 좁은 골목길.

55 시간이 지나 만월에 가까운 달.

56 '서성이며'와 '나대다'의 합성어로, 이리저리 왔다 갔다 하며 바삐 움직이는 모양을 나타낸 것이다.

57 커녕, 고사하고.

58 그대는커녕 그대의 물건엔들 닿을 법하겠느냐?(닿을 수 없을 것이다)

59 헙수룩한 털.

나븨

시기지 않은 일이 서둘러 하고싶기에 난로에 싱싱한 물푸레 갈어 지피고 등피燈皮 호 호 닦어 끼우어 심지 튀기니 불꽃이 새록 돋는다 미리 떼고 걸고보니 칼렌다[60] 이튼날 날자가 미리 붉다 이제 차츰 밟고 넘을 다람쥐 등솔기 같이 구브레 벋어나갈 연봉連峯[61] 산맥길 우에 아슬한 가을 하늘이여 초침 소리 유달리 뚝닥 거리는 낙엽 벗은 산장山莊밤 창유리까지에 구름이 드뉘니 후 두 두 두 낙수 짓는 소리 크기 손바닥만한 어인 나븨가 따악 붙어 드려다 본다 가엽서라 열리지 않는 창 주먹쥐어 징징 치니 날을 기식도 없이 네 벽이 도로혀[62] 날개와 떤다 해발 오천척呎 우에 떠도는 한조각 비맞은 환상 호흡하노라 서툴러 붙어있는 이 자재화自在畵[63] 한폭幅은 활활 불피여 담기여 있는 이상스런 계절이 몹시 부러웁다 날개가 찢여진채 검은 눈을 잔나비처럼 뜨지나 않을가 무섭어라 구름이 다시 유리에 바위처럼 부서지며 별도 휩쓸려 나려가 산아래 어닌 마을 우에 총총 하뇨 백화白樺숲 회부옇게 어정거

---

60 캘린더(calendar), 달력.

61 죽 이어져 있는 산봉우리.

62 도리어.

63 스스로 존재하는 그림.

리는 절정絶頂   부유스름하기 황혼같은 밤.

《문장》 3권 1호, 1941. 1.

진달래

한골에서 비를 보고   한골에서 바람을 보다   한골에 그늘 딴 골에 양지   따로 따로 갈어[64] 밟다   무지개 해ㅅ살에 빗걸린 골   산山벌떼 두름박 지어[65]   위잉 위잉 두르는 골   잡목수풀 누릇 붉웃 어우러진 속에 감초혀[66] 낮잠 듭신 칙범 냄새 가장자리를 돌아   어마 어마 긔여 살어 나온 골   상봉上峯에 올라 별보다 깨끗한 돌을 드니   백화白樺가지 우에 하도 푸른 하눌……포르르 풀매……   온산중 홍엽紅葉이 수런 수런 거린다 아래ㅅ절 불켜지 않은 장방에 들어 목침을 달쿠어 발바닥 꼬아리[67]를 슴슴 지지며   그제사 범의 욕을 그놈 저놈 하고 이내 누었다   바로 머리 맡에 물소리 흘리며 어늬 한곬으로 빠져 나가다가   난데없는 철아닌 진달레 꽃사태를 만나   나는 만신萬身을 붉히고 서다.

《문장》 3권 1호, 1941. 1.

---

64 바꾸어.

65 뒤웅박처럼 무리를 지어.

66 감추어져.

67 꽈리처럼 둥글게 파인 부분을 뜻함.

호랑나븨

화구畵具를 메고 산을 첩첩 들어간 후   이내 종적이 묘연하다
단풍이 이울고[68]   봉峯마다 찡그리고 눈이 날고 영嶺 우에 매
점은 덧문 속문이 닫히고   삼동三冬내 - 열리지 않었다   해를
넘어 봄이 짙도록   눈이 처마와 키가 같었다   대폭大幅 캔바
스 우에는 목화송이 같은 한떨기 지난해 흰 구름이 새로 미끄
러지고   폭포소리 차즘 불고 푸른 하눌 되돌아서 오건만   구
두와 안시신이 나란히 노힌채 연애戀愛가 비린내를 풍기기 시
작했다   그날밤 집집 들창마다 석간夕刊에 비린내가 끼치였
다   박다博多[69] 태생 수수한 과부 흰얼골 이사   준양准陽[70] 고성
高城사람들 끼리에도 익었건만   매점 바깥 주인 된 화가는 이
름조차 없고 송화가루 노랗고   뻑 뻑국 고비 고사리 고부라지
고   호랑나븨 쌍을 지여 훨 훨 청산靑山을 넘고.

《문장》 3권 1호, 1941. 1.

---

68 시들고.

69 하카타. 일본 규슈 북쪽, 후쿠오카 남동부에 있는 항구도시.

70 잘못된 표기로, 회양准陽이 맞는 듯하다.

예장禮裝

모오닝코오트에 예장禮裝을 가추고　대만물상大萬物相[71]에 들어간 한 장년신사壯年紳士가 있었다　구만물舊萬物 우에서 알로 나려뛰었다　웃저고리는 나려 가다가 중간 솔가지에 걸리여 벗겨진채　와이샤쓰 바람에 넥타이가 다칠세라 납족이 업드렸다　한겨울 내ー 흰손바닥 같은 눈이 나려와 덮어 주곤 주곤 하였다　장년壯年이 생각하기를 「숨도아이에 쉬지 않어야 춥지 않으리라」고　주검다운 의식儀式을 가추어 삼동三冬내ー 부복俯伏하였다　눈도 희기가 겹겹히 예장禮裝 같이　봄이 짙어서 사라지다.

《문장》 3권 1호, 1941. 1.

---

71 금강산 명승지의 지명.

선취船醉[01]

해협이 일어서기로만 하니깐
배가 한사코 기어오르다 미끄러지곤 한다.

괴롬이란 참지 않아도 겪어지는것이
주검이란 죽을 수 있는것 같이.

뇌수가 뛰어나올랴고 지긋지긋 견딘다.
꼬꼬댁 소리도 할수 없이

얼빠진 장닭처럼 건들거리며 나가니
갑판은 거북등처럼 뚫고나가는데 해협이 업히랴고만 한다.

젊은 선원이 숫제 하-모니카를 불고 섰다.
바다의 삼림에서 태풍이나 만나야 감상할수 있다는듯이

암만 가려 드딘대도 해협은 자꼬 꺼져들어간다.
수평선이 없어진 날 단말마의 신혼여행이여!

01 1부 『정지용시집』 2장 075쪽에 같은 제목의 시가 또 있다.

오직 한낱 의무를 찾아내어 그의 선실로 옮기다.
기도도 허락되지 않는 연옥에서 심방尋訪하랴고

계단을 나리랴니깐
계단이 올라온다.

또어[02]를 부둥켜 안고 기억할수 없다.
하눌이 죄여 들어 나의 심장을 짜노라고

영양令孃[03]은 고독도 아닌 슬픔도 아닌
올빼미 같은 눈을 하고 체모에 긔고있다.[04]

애련愛憐을 베풀가 하면
즉시 구토가 재촉된다.

연락선에는 일체로 간호가 없다.

---

02 도어(door). 문.
03 영애令愛. 윗사람 또는 남의 딸을 높여 이르는 말.
04 체면을 겨우 지키며 힘들어 하고 있다.

징을 치고 뚜우 뚜우 부는 외에

우리들의 짐짝 트렁크에 이마를 대고
여덜시간 내 – 간구懇求하고 또 울었다.

미상《백록담》1941. 9

유선애상 流線哀傷

생김생김이 피아노보담 낫다.
얼마나 뛰어난 연미복맵시냐.

산뜻한 이신사를 아스빨트우로 꼰돌라인듯
몰고들 다니길래 하도 딱하길래 하로 청해왔다.

손에 맞는 품이 길이 아조 들었다.
열고보니 허술히도 반음半音키 - 가 하나 남었더라.

줄창 연습을 시켜도 이건 철로판에서 밴 소리로구나.
무대로 내보낼 생각을 아예 아니했다.

애초 달랑거리는 버릇 때문에 궂인날 막잡어부렸다[05].
함초롬 젖어 새초롬하기는새레[06] 회회 떨어 다듬고 나선다.

대체 슬퍼하는 때는 언제길래
아장아장 팩팩거리기가 위주냐.

허리가 모조리 가느래지도록 슬픈 행렬에 끼여

아조 천연스레 굴든게 옆으로 솔쳐나자[07]—

춘천삼백리 벼루ㅅ길[08]을 냅다 뿝는데

그런 상장喪章을 두른 표정은 그만하겠다고 꽥 – 꽥 –

몇킬로 휘달리고나서 거북 처럼 흥분한다.

징징거리는 신경神經 방석우에 소스듬[09] 이대로 견딜 밖에.

쌍쌍이 날러오는 풍경風景들을 뺨으로 헤치며

내처 살폿 엉긴 꿈을 깨여 진저리를 쳤다.

어늬 화원花園으로 꾀여내어 바눌로 찔렀더니만

그만 호접蝴蝶 같이 죽드라.

《시와 소설》1호, 1936 . 3

---

07 '빠져나오자'의 뜻으로 추측됨.

08 벼랑길.

09 고어 '소솜'(잠깐)과 관련 있을 듯. 어떤 상황을 그런대로 견뎌내는 것.

춘설春雪

문 열자 선뜻!
먼 산이 이마에 차라.

우수절雨水節 들어
바로 초하로 아츰,

새삼스레 눈이 덮힌 뫼뿌리와
서늘옵고 빛난 이마받이 하다.

어름 금가고 바람 새로 따르거니
흰 옷고롬 절로 향긔롭어라.

옹숭거리고[01] 살어난 양이
아아 꿈 같기에 설어라.

미나리 파릇한 새순 돋고

01 몸을 옹그리고.

옴짓 아니귀던⁰² 고기입이 오믈거리는,

꽃 피기전 철아닌 눈에

핫옷⁰³ 벗고 도로 칩고 싶어라.

《문장》1권 3호, 1939. 4

02 움직이지 않던.

03 솜옷.

소곡小曲

물새도 잠들어 깃을 사리는
이아닌 밤에,

명수대明水臺[04] 바위틈 진달래 꽃
어찌면 타는듯 붉으뇨.

오는 물, 기는 물,
내쳐 보내고, 헤여질 물

바람이사 애초 못믿을손,
입마추곤 이내 옮겨가네.

해마다 제철이면
한등걸에 핀다기소니,

들새도 날러와
애닯다 눈물짓는 아츰엔,

---

04 지금 흑성동 한강변에 있던 옛 지명.

이울어 하롱 하롱 지는 꽃닙,

설지 않으랴, 푸른물에 실려가기,

아깝고야, 아거 자거

한창인 이 봄ㅅ밤을,

초ㅅ불 켜들고 밝히소.

아니 붉고 어찌료.

《여성》 27호, 1938. 6

4

파라솔

연닢에서 연닢내가 나듯이
그는 연닢 냄새가 난다.

해협을 넘어 옮겨다 심어도
푸르리라, 해협이 푸르듯이.

불시로 상긔되는 뺨이
성이 가시다, 꽃이 스사로 괴롭듯.

눈물을 오래 어리우지 않는다.
윤전기 앞에서 천사天使처럼 바쁘다.

붉은 장미 한가지 골르기를 평생 삼가리,
대개 흰 나리꽃으로 선사한다.

월래 벅찬 호수에 날러들었던것이라
어차피 헤기는 헤여 나간다.

학예회 마지막 무대에서

자포自暴[01]스런 백조인양 흥청거렸다.

부끄럽기도하나 잘 먹는다
끔직한 비 –애프스테이크 같은것도!

오페스의 피로에
태엽 처럼 풀려왔다.

람프에 갓을 씨우자
또어를 안으로 잠겄다.

기도와 수면의 내용을 알 길이 없다.
포효하는 검은밤, 그는 조란鳥卵처럼 희다.

구기여지는것 젖는것이
아조 싫다.

_____
01 자포자기의 준말.

파라솔 같이 채곡 접히기만 하는것은

언제든지 파라솔 같이 펴기 위하야―

《중앙》 32호, 1936. 6

별[02]

창을 열고 눕다.
창을 열어야 하눌이 들어오기에.

벗었던 안경을 다시 쓰다.
일식日蝕이 개이고난 날 밤 별이 더욱 푸르다.

별을 잔치하는 밤
흰옷과 흰자리로 단속하다.

세상에 안해와 사랑이란
별에서 치면 지저분한 보금자리.

돌아 누어 별에서 별까지
해도海圖 없이 항해하다.

별도 포기 포기 솟았기에

02 1부「정지용시집」4장 142쪽에 같은 제목의 시가 한 편 더 실려 있다.

그중 하나는 더 휙지고[03]

하나는 갓 낳은 양
여릿 여릿 빛나고

하나는 발열하야
붉고 떨고

바람엔 별도 쏠리다
회회 돌아 살어나는 촉燭불!

찬물에 씻기여
사금砂金을 홀리는 은하!

마스트 알로 섬들이 항시 달려 왔었고
별들은 우리 눈섭기슭에 아스름 항구가 그립다.

---

03 윤곽이 뚜렷하고.

대웅성좌大熊星座[04]가

기웃이 도는데!

청려淸麗한 하늘의 비극에

우리는 숨소리까지 삼가다.

이유는 저세상에 있을지도 몰라

우리는 제마다 눈감기 싫은 밤이 있다.

잠재기 노래 없이도

잠이 들다.

미상《백록담》1941. 9

04 큰곰자리.

슬픈 우상偶像

이밤에 안식安息하시옵니까.

내가 홀로 속엣ㅅ소리로 그대의 기거起居를 문의할삼어도[05]

어찌 홀한[06] 말로 붙일법도 한 일이오니까.

무슨 말슴으로나 좀더 높일만한 좀더 그대께 마땅한 언사가

없사오리까.

눈감고 자는 비달기보담도, 꽃그림자 옮기는 겨를에 여미며

자는 꽃봉오리 보담도, 어여삐 자시올 그대여!

그대의 눈을 들어 푸리[07] 하오리까.

속속드리 맑고 푸른 호수가 한쌍.

밤은 함폭 그대의 호수에 깃드리기 위하야 있는 것이오리까.

내가 감히 금성金星노릇하야 그대의 호수에 잠길법도 한 일이

오리까.

---

05 문의한다 하더라도.

06 거칠고 가벼운.

07 풀이.

단정히 여미신 입시울, 오오, 나의 예禮가 혹시 흩으러질가하야 다시 가다듬고 푸리 하겠나이다.

여러가지 연유가 있사오나 마침내 그대를 암표범 처럼 두리고[08] 엄위롭게[09] 우러르는 까닭은 거기 있나이다.

아직 남의 자최가, 놓이지 못한, 아직도 오를 성봉聖峯이 남어 있으량이면, 오직 하나일 그대의 눈雪에[10] 더 희신 코, 그러기에 불행하시게도 계절이 난만爛熳할지라도 항시 고산식물의 향기외에 맡으시지 아니하시옵니다.

경건히도 조심조심히 그대의 이마를 우러르고 다시 뺨을 지나 그대의 흑단빛 머리에 겨우겨우 숨으신 그대의 귀에 이르겠나이다.

희랍에도 이오니아 바닷가에서 본적도한 조개껍질, 항시 듣기

---

08 두려워하고.

09 엄숙하고 위풍이 있게.

10 눈보다.

위한 자세이었으나 무엇을 들음인지 알리 없는것이었나이다.

기름 같이 잠잠한 바다, 아조 푸른 하늘, 갈메기가 앉어도 알 수 없이 흰 모래, 거기 아모것도 들릴것을 찾지 못한 적에 조개껍질은 한갈로[11] 듣는 귀를 잠착히 열고 있기에 나는 그때부터 아조 외로운 나그내인것을 깨달었나이다.

마침내 이 세계는 비인 껍질에 지나지 아니한것이, 하늘이 쓰이우고 바다가 돌고 하기로소니 그것은 결국 딴 세계의 껍질에 지나지 아니하였읍니다.

조개껍질이 잠착히 듣는것이 실로 다른 세계의것이었음에 틀림없었거니와 내가 어찌 서럽게 돌아서지 아니할수 있었겠읍니까.
바람소리도 아모 뜻을 이루지 못하고 그저 겨우 어룰한[12] 소리로 떠돌아다닐뿐이었읍니다.

---

11 한결같이.
12 어눌한. 불분명한.

그대의 귀에 가까히 내가 방황할때 나는 그저 외로히 사라질 나그내에 지나지 아니하옵니다.

그대의 귀는 이 밤에도 다만 듣기 위한 맵시로만 열리어 계시기에!

이 소란한 세상에서도 그대의 귀기슭을 둘러 다만 주검같이 고요한 이오니아바다를 보았음이로소이다.

이제 다시 그대의 깊고 깊으신 안으로 감히 들겠나이다.

심수한 바다 속속에 온갖 신비로운 산호를 간직하듯이 그대의 안에 가지가지 귀하고 보배로운것이 가초아 계십니다.

먼저 놀라올 일은 어쩌면 그렇게 속속드리 좋은것을 진히고 계신것이옵니까.

심장, 얼마나 진기한것이옵니까.

명장名匠 희랍의 손으로 탄생한 불세출의 걸작인 뮤ー즈로도 이 심장을 차지 못하고 나온 탓으로 마침내 미술관에서 슬픈 세월을 보내고 마는것이겠는데 어쩌면 이러한것을 가지신것이옵니까.

생명의 성화聖火를 끊임없이 나르는 백금白金보다도 값진 도가니인가 하오면 하늘과 따의 유구한 전통인 사랑을 모시는 성전聖殿인가 하옵니다.

빛이 항시 농염하게 붉으신것이 그러한 증좌로소이다.
그러나 간혹 그대가 세상에 향하사 창을 열으실때 심장은 수치를 느끼시기 가장 쉬웁기에 영영 안에 숨어버리신것이로소이다.

그외에 폐는 얼마나 화려하고 신선한것이오며 간과 담은 얼마나 요염하고 심각하신것이옵니까.

그러나 이들을 지나치게 빛갈로 의논할수 없는 일이옵니다.

그외에 그윽한 골안에 흐르는 시내요 신비한 강으로 푸리할것도 있으시오나 대강 섭렵하야 지나옵고,

해가 솟는듯 달이 뜨는듯 옥토끼가 조는듯 뛰는듯 미묘美妙한 신축伸縮과 만곡轡曲을 갖은 적은 언덕으로 비유할것도 둘이

있으십니다.

이러 이러하게 그대를 푸리하는 동안에 나는 미궁에 든 낯선 나그내와 같이 그만 길을 잃고 허매겠나이다.

그러나 그대는 이미 모히시고 옴치시고 마련되시고 배치配置와 균형이 완전하신 한 덩이로 계시어 상아와 같은 손을 여미시고 발을 고귀하게 포기시고 계시지 않읍니까.

그리고 지혜와 기도와 호흡으로 순수하게 통일하셨나이다.
그러나 완미完美하신 그대를 푸리하올때 그대의 위치와 주위를 또한 반성치 아니할수 없나이다.

거듭 말슴이 번거러우나 월래 이세상은 비인 껍질 같이 허탄하온대 그중에도 어찌하사 고독의 성사城舍를 차정差定하여 계신것이옵니까.
그리고도 다시 명철明澈한 비애로 방석을 삼어 누어 계신것이옵니까.

이것이 나로는 매우 슬픈 일이기에 한밤에 짓지도 못하올 암

담한 삽살개와 같이 창백한 찬 달과 함께 그대의 고독한 성사城숨를 돌고 돌아 수직守直하고 탄식하나이다.

불길한 예감에 떨고 있노니 그대의 사랑과 고독과 정진으로 인하야 그대는 그대의 온갖 미美와 덕德과 화려한 사지四肢에서, 오오,

그대의 전아典雅 찬란한 괴체塊體[13]에서 탈각脫却하시여 따로 따기실[14] 아츰이 머지않어 올가 하옵니다.

그날아츰에도 그대의 귀는 이오니아바다ㅅ가의 흰 조개껍질 같이 역시 듣는 맵시로만 열고 계시겠읍니까.

흰 나리꽃으로 마지막 장식을 하여드리고 나도 이 이오니아 바다ㅅ가를 떠나겠읍니다.

《조광》 29호, 1938. 3

---

13 몸뚱이.

14 '다기실'의 오기로 보임. 가까이 옮아가실.

3

시집 미수록 작품

짤레와 아주머니[01]

짤레와 작은 아주머니

앵도 나무 미테서

쑥 쓰더다가

쌔피쩍 만들어

호. 호. 잠들여 노코

냥. 냥. 잘도먹엇다.

중. 중. 째째중.

우리 애기 상제 로 사갑소.

《학조》1호. 1926. 6

---

01 이 시는 『정지용 시집』에 실려 있는 「삼월삼질날」과 「딸레」 두 작품으로 나누어진 것
으로 보이는데, 그 내용이 많이 다르기 때문에 별편으로 실었다.

파충류동물 爬虫類動物

식거먼 연기와 불을 배트며
소리지르며 달어나는
괴상하고 거-창 한 파충류동물.

그 녀ㄴ 에게
내 동정童貞의 결혼반지 를 차지려갓더니만
그 큰 궁등이 로 쩨밀어

　…털 크 덕…털 크 덕…

나는 나는 슬퍼서 슬퍼서
심장이 되구요

여페 안진 소로서아小露西亞[02] 눈알푸른 시약시
「당신 은 지금 어드메로 가십나?」

---

02 노서아露西亞는 '러시아'의 음역어로, 따라서 '소로서아'는 '나이 어린 러시아인'의 의
미를 갖는다.

···털크덕···털크덕···털크덕···

그는 슬퍼서 슬퍼서
담낭이 되구요

저 기 – 드란 쌍골라⁰³ 는 대장大腸.
뒤처 젓는 왜놈 은 소장小腸.
「이이! 저다리 털 좀 보와!」

　털크덕···털크덕···털크덕···털크덕···

유월ㅅ달 백금白金태양 내려쏘이는 미테
부글 부글 쓰러오르는 소화기관消化器管의 망상이여!

자토赭土⁰⁴ 잡초 백골을 짓밟부며
둘둘둘둘둘 달어나는

03 중국인을 가리키는 속어. 상점 주인을 뜻하는 중국어 쌍꿰이더掌柜的가 구한말 구전
　되며 변형된 단어.
04 붉은 흙.

굉장하게 기 – 다란 파충류동물.

《학조》 1호, 1926. 6

「마음의 일기日記」에서

— 시조 아홉수首

큰바다 아페두고 힌날빗 그미테서

한백년 잠자다 겨우일어 나노니

지난세월 그마만치만 긴하품을 하야만.

×××

아이들 총중에서[05] 승나신 장님막대

함부루 내두루다 째ㅅ기고 말엇것다

얼굴붉은 이친구분네 말슴하는 법이다.

×××

창자에 처적잇는 기름을 씨서내고

너절한 볼짜구니 살뎅이 쩨여내라

그리고 피스톨알처럼 덤벼들라 싸호자!

×××

---

05 떼를 지어 모인 한가운데서.

참새의 가슴처럼 깃버쮜여 보자니
승내인 사자처럼 부르지저 보자니
빙산이 푸러질만치 손을잡어 보자니.

. . .
시그날 기운뒤에 갑작이 조이는 맘
그대를 시른차가 하마산을 돌아오리
온단다 온단단다나 온다온다 온단다.

    × × ×

「배암이 그다지도 무서우냐 내님아」
내님은 몸을썰며 「배 ㅁ마는 실허요」
쫘리가치 새쌀간해가 넘어가는 풀밧우.

    × × ×

이지음 이실露이란 아름다운 그말을
글에도 써본저이 업는가 하노니
가슴에 이실이이실이 아니나림 이여라.

× × ×

이밤이 기풀수락 이마음 가늘어서

가느단 차디찬 바눌은 잇스려니

실이업서 물디린실이 실이업서 하노라.

× × ×

한백년 진흙속에 뭇쳤다 나온듯.

그蟹[06]처럼 여프로 기여가 보노니

머―ㄴ푸른 하눌아래로 가이업는 모래밧.

《학조》1호, 1926. 6

---

06 게. '蟹'는 '게 해'이다.

넘어가는 해

불 쟈막이.

불 쟈막이.

들녘 집웅

파 먹어러

내려 왓다

쫒겨 갓나.

서쪽 서산

불야 불야

《신소년》 4권 11호, 1926. 11

겨울ㅅ밤

동네ㅅ 집에
강아지 는
주석 방울

칠성산 에
열흘 달은
백통 방울

갸웃 갸웃
고양이 는
무엇 찻나

《신소년》 4권 11호, 1926. 11

내안해 · 내누이 · 내나라

젊은이 한창시절 서름이 한시절.
한시절 한고피[07] 엇지면 못 넘기리만
싯업시 싯업시 가고만 십허요.
해 돗는 쪽으로 해 지는 쪽으로.
싯업시 싯업시 가고만 십허요.

제비가 남으로 천리 만리.
기럭이 북으로 천리 만리.
7월달 밤한울 에 별불이 흘러
새깃 하나. 야자椰子님 하나.
써나가리 써나가리.
한업시 한업시 가고만 십허요.

철업는 사랑 오랭캐쏫 수레에 실니여가든
황금저녁볏 오리정伍里亭벌 에
비가 쏙려요 가랑비 가는비가 와요
가기는 갑니다 마는

짓고만 십허요 맛고만 십허요.

압날 홍수째.

후일 진흙 세상.

실마리 가튼 시름. 실마리 가튼 눈물.

울고만 십허요. 함쑤락[08] 젓고만 십허요.

동산 에 서신 님 산에 올라 보내십닛가.

삼태봉三台峰 휘넘어오는 둥그레 둥실

달 과도 가트십니다 마는

다락[09]에도 물ㅅ가 에도 성우 에도

살지 말옵소서 말옵소서.

해당화 수풀ㅅ집 양지편을 쓸고갑니다 쓸고가요.

나그내 고달핀 혼이 순례지巡禮地 별비체 조으는 혼이

마음 만 먹고도 가고 올줄 몰라

님의 쓸에 봄풀이 욱어지면

08 흠뻑, 물이 쭉 내배도록 몹시 젖은 모양을 표현하는 방언.

09 문루, 누각.

내 마음 님의 마음.

개나리 쇠소리 ㅅ빗

아즈랭이 먼 산 눈물에 어려요 어려요.

칼 메인 장사가 죽어도 길녑헤 무덤.

길녑헤 는 뭇지말고 나라ㅅ배 오고 가는

이방異邦바다 모래톱에 무쳐요 무쳐요.

나도 사나이 는 사나이

나라도 집도 업기는 업서요.

복사꼿 처럼 피여가는 내안해 내누이

동산에 숨기고 가나 길가에 두고 가나.

말잔등이 후려처 실고

지평선地平線 그늘에 살어지나.

쌤을 빌녀요 손을 주어요 잘잇서요.

친구야 폭은 한 친구야 억개를 빌녀요.

평안 한 한째 조름 이나 빌녀요 빌녀요.

굴뚝새

굴뚝새 굴뚝새
어머니—
문 열어놓아주오, 들어오게
이불안에
식전내—재워주지

어머니—
산에 가 얼어죽으면 어쩌우
박쪽에다
숯불 피워다주지

《신소년》 4권 1926. 12

녯니약이 구절

집 쩌나가 배운 노래를
집 차저 오는 밤
논ㅅ둑 길에서 불럿노라.

나가서도 고달피고
돌아와 서도 고달폇노라.
열네살부터 나가서 고달폇노라.

나가서 어더온 이야기를
닭이 울도락,
아버지쎄 닐으노니—

기름ㅅ불은 쌈박이며 듯고,
어머니는 눈에 눈물을 고이신대로 듯고
니치대든[10] 어린 누이 안긴데로 잠들며 듯고
우ㅅ방 문설쭈에는 그사람이 서서 듯고,

---

10 칭얼거리던.

큰 독안에 실넌 슬픈 물 가치

속살대는 이 시고을 밤은

차저 온 동네ㅅ사람들 처럼 도라서서 듯고,

―그러나 이것이 모도 다

그 녜전부터 엇던 시연찬은 사람들이

씃닛지[11] 못하고 그대로 간 니야기어니

이 집 문ㅅ고리나, 집웅이나,

늙으신 아버지의 착하듸 착한 수염이나,

활처럼 휘여다 부친 밤한울이나,

이것이 모도다

그 녜전 부터 전하는 니야기 구절 일러라.

《신민》 21호, 1927. 1

---

11 끝을 잇는다는 뜻보다는 끝낸다는 뜻에 가깝다.

우리나라여인들은

우리 나라 여인들 은 오월ㅅ달 이로다. 깃븜 이로다.

여인들 은 숫 속 에서 나오 도다. 짐단 속 에서 나오 도다.

수풀에서, 물에서, 뛰어 나오 도다.

여인들 은 산과실 처럼 붉 도다.

바다 에서 주슨 바둑돌 향기 로다.

난류暖流 처럼 짯뜻 하도다.

여인들 은 양 에게 푸른 풀 을 먹이는 도다.

소 에게 시내ㅅ물 을 마시우는 도다.

오리 알, 흰 알을, 기르는 도다.

여인들 은 원앙鴛鴦새 수 를 노 토다.

여인들 은 맨발 벗기 를 조하 하도다. 붓그리워 하도다.

여인들 은 어머니 머리 를 감으는 도다.

아버지 수염 을 자랑 하는 도다. 놀니데는 도다.

여인들 은 생률生栗 도, 호도 도, 짤기 도, 감지 도, 잘 믜[12]는 도
다.

여인들 은 팔구비 가 둥글 도다. 이마 가 희 도다.

머리 는 봄풀 이로다. 억개 는 보름ㅅ단 이로다.

---

12 먹는.

여인들 은 성城 우에 스 도다. 거리 로 달니 도다.

공회당 에 모히 도다.

여인들 은 소프라노우 로다 바람 이로다.

흙 이로다. 눈 이로다. 불 이로다.

여인들 은 짜아만 눈 으로 인사 하는 도다.

입 으로 대답 하는 도다.

유월ㅅ볏 한나 재 돌아 가는 해바락이 송이 처럼,

하나님 게 숙이 도다.

여인들 은 푸르다. 사철나무 로다.

여인들 은 우물 을 쌕그시 하도다.

즘심 밥 을 잘 싸 주 도다. 수통 에 더운 물 을 담어 주 도다.

여인들 은 시험관試驗管 을 비추 도다. 원圓 을 글이 도다. 선線
을 치 도다.

기상대 에 붉은 기 를 달 도다.

여인들 은 바다 를 조하 하도다. 만국지도 를 조하 하도다.

나라 지도 가 무슨 ×× 로 × 한지 를 아는 도다.

무슨 물감 으로 물 딜일 줄 을 아는 도다.

여인들 은 산山 을 조하 하도다. 망원경 을 조하 하도다.

거리 를 측정 하도다. 원근 을 조준 하도다.

××× 로 스 도다. ×× 하도다.

여인들 은 ×× 와 자유 와 기ㅅ발아 래로 비달기 처럼 흐터

지도다.

×× 와 ×× 와 기ㅅ발 아래 로 참벌 쎄 처럼 모와 들 도다.

우리 ×× 여인들 은 ××× 이로다. 해ㅅ비치 로다.

— 1928. 1. 1

《조선지광》78호, 1928. 5

바다6

바다는

푸르오,

모래는

희오, 희오,

수평선우에

살포―시 나려안는

정오 한울,

한 한가온대 도라가는 태양,

내 영혼도

이제

고요히 고요히 눈물겨운 백금팽이를 돌니오.

《신소설》 5호, 1930. 9

바다 7

흰 구름

피여 오르오,

내음새 조흔 바람

하나 찻소,

미억이 훅지고

소라가 살오르고

아아, 생강집 가치

맛드른 바다,

이제

칼날가튼 상어를 본 우리는

배ㅅ머리로 달려나갓소,

구녕쭐린 붉은 돗폭 퍼덕이오,

힘든 모조리 팔에!

창끄튼 쏙 바로!

《신소설》 5호, 1930. 9

셩부활주일[13]

삼위셩녀 다다르니

돌문이 이믜 굴넛도다

아아 은미한줌에 열닌 돌문이여

너—쏘한 복되도다

천주 셩시[14] 호위함도 너—러니

천주 셩자 부활빙자 너—로다

셩릉聖陵이 부이오니

림보[15]는 폐허廢墟되고

큰돌이 옴기오니

천당문이 열니도다

이새벽에 해가 이믜 소삿스니

너—거듭 새론 태양이여!

수정처럼 개인 하날

너—거듭 열닌 궁창穹蒼이여!

비달기야 나르라 봉황이야 춤추라

13 이 시는 '방지거'라는 정지용의 세례명으로 작자의 이름을 표시하고 있다.

14 성신聖神의 오자.

15 지옥의 변방으로 지옥과 천국 사이에 있으며 그리스도교를 믿을 기회를 얻지 못했던
   착한 사람 또는 세례를 받지 못한 어린이, 백치 등의 영혼이 머무는 곳.

케루핌이여 세라핌이여 찬양하소라

셩인이여 셩녀여 합창하소라

의인이여 깃버하라 죄인이여 용약하라

사탄아 악령惡靈아 두리라 젼률하라

아아 천주 부활하시도다 알넬누야

스사로 나호시고

몸소 죽으시고

스사로 다시 살아나신날! 알넬누야

죽음을 이긔신날

상싱을 펴신날

천지 대권위가 거듭 비롯한날

죽음으로 죽은 에와의 자손이

영복으로 다시 살어날―압날

만왕의 왕의날

신약의 안식일

조성하신 만흔날즁에 새로 조성하신 한날!

영복즁에 영복날

알넬누야 알넬누야

— 1931년 부활주일

《별》46호, 1931. 10

바다

바다는 끄님없이 안고 시픈것이다.

하도 크고 둥글고 하기때문에

스사로 솟는 구르는 오롯한 사랑둘레!

한량없는 죽엄을 싸고 돌다.

큰 밤과 가튼 무서움인가 하면

한낮에 부르는 거윽한 손짓!

아아, 죽엄 이여,

고요히 나려안는 황홀한 나비처럼!

나의 가슴에 머므르라.

문 한울 다흔 은선 우에

외로운 돗이 날고

나의 사유는 다시 사랑의 나래를 펴다.

섬둘레에 봄볕이 푸른데

별 만치 많은 굴싹지 잠착하고

나는 눈 감다.

《부인공론》 4호, 1932. 5

석취 石臭 [16]

화려한 거리―
금부어 못[17] 인듯
황홀한 밤거리를
지나스다.

인기척 그친
다리 몸에 다다르니
발 알에선 졸졸졸 잔물결
호젓한 밤이야기에 지터간다.

부칠데 없는 여윈 볼
둘곳을 차즌 드시
난간에 부비며
돌을 맡다.

《부인공론》 4호, 1932. 5

---

16 석취, 돌내음.
17 연못.

뉘우침[18]

뉘우침이야 진정

거룩한 은혜 로구야.

깁실 가튼 봄벼치

골에 구든 어름을 쏙이고,

바늘 가치 쓰라림에

소사 동그는 눈물,

귀미테 아른거리는

요염한 지옥불을 쓰다.

간혹한 한숨이 뉘게로

사모치느뇨?

질식한 영혼에 다시

사랑이 이슬나리도다

뉘우침 이야 가장

행복스런 아픔 이여니!

《별》 62호, 1932. 8.

---

18 이 시는 1933년 9월 《가톨릭청년》 제4호에 「은혜恩惠」라는 제목으로 바뀌어 재수록
되었다.

승리자勝利者 김金 안드레아

새남터 욱어진 쏭닙알에 서서
녯어른이 실로 보고 일러주신 한 거룩한 니야기
압혜 돌아나간 푸른 물구비가 이과 함씌 영원하다면
이는 우리 겨레와 함씌 씃짜지 빗날 기억이로다.

일천팔백사십육년구월십육일
방포放砲 취타吹打[19]하고 포장[20]이 압서 나가매
무수한 힌옷 입은 백성이 결진한 곳에
이믜 좌긔ㅅ대[21]가 놉히 살기롭게 소삿더라.

이 지겹고 흉흉하고 나는새도 자최를감출 위풍이 쓸치는 군
세는
당시 청국 바다에 쓴 법국 병선 대도독 세시리오와
그의 막하 수백을 사로잡어 문죄함이런가?

대체 무슨 사정으로 이러한 어명이 나리엇스며

---

19 군대에서 포를 쏘고 악기를 연주하다.

20 포도대장.

21 관아의 벼슬아치가 일을 처리할 때 세우는 깃발.

이러한 대국권이 발동하엿던고?

혹은 사직의 안위를 범한 대역도나 다사림[22]이엇던고?

실로 군소리도 업는 알는소리도 업는 쐴도 업는

조찰한 피를 담은 한 「양」의 목을 베이기 위함이엇도다.

지극히 유순한 「양」이 제대祭臺에 오르매

마귀와 그의 영화를 부수기에 백천의 사자獅 보다도 더 영맹

하엿도다.

대성전 장막이 찌저진제 천유여년이엇건만

아즉도 새로운 태양의 소식을 듯지못한 죽음그늘에 잠긴 동

방일우東方一隅에

쏘하나 「갈와리아산상의 혈제」여!

오오 좌기ㅅ대에 몸을 놉히 달니우고

다시 열두칼날의 수고를 덜기 위하야 몸을 틀어다인

오오 지상의 천신 안드레아 김신부!

일즉이 천주를 알어 사랑한 탓으로 아버지의 위태한 목숨을 뒤에두고

그의 외로운 어머니 마자 홀로 철화[23]사이에 숨겨두고

처량히 국금과 국경을 버서나아간 소년 안드레아!

오문부[24] 이역한등에서 오로지 천주의 말씀을 배호기에 침식을 이즌 신생 안드레아!

빙설과 주림과 설매[25]에 몸을부치어 요야천리를 건느며

악수와 도적의 밀림을 지나 구지 막으며 죽이기로만 쇠하든

조국 변문을 네번재 두다린 부제 안드레아!

황해의 거친 파도를 한짝 목선으로 넘어(오오 위태한 령적!)

불가티 사랑한 나라짱을 발븐 조선 성직자의 장형 안드레아!

포학한 치도곤 알에 조찰한 쎠를 부슬지언정

23 칼과 총을 비유적으로 이르는 말로 전쟁을 뜻한다.

24 중국 마카오.

25 눈과 홈비.

감사監司의게 「소인」을 바치지 아니한 오백년 청반의 후예 안
드레아·김대건!

나라와 백성의령혼을 사랑한 갑스로
극죄에 결안[26]한 관장을 위하야
그의 승직을 긔구한 관후장자 안드레아!

표양이 능히 옥졸짜지 놀래인 청년성도 안드레아!

재식才識이 고금을누르고
보람도 업시 정교한 세계지도를 그리여
군주와 관장의 눈을열은 나라의 산 보배 안드레아!

형장의 이슬로 사라질째짜지도
오히려 성교를 가라친 선목자 안드레아!

두귀에 활살을박어 체구 그대로 십자가를 일운 치명자 안드

---

26 사형을 결정한 문서.

레아!

성주 예수 바드신 성면오독[27]을 보람으로
얼굴에 물과 회를 바든 수난자 안드레아!
성주 예수 성분의 수위를 바드신 그대로 바든 복자 안드레아!

성주 예수 바드신 거짓결안을 딸어 거짓결안으로 죽은 복자
안드레아!

오오 그들은 악한 권세로 죽인
그의 시체짜지도 차지하지못한 그날
거룩한 피가 이믜 이나라의 흙을 조찰히 씨섯도다.
외교의 거친 덤풀을 밟고 잘아나는
주의 포도ㅅ다래가
올해에 십삼만 송이!

오오 승리자 안드레아는 이러타시 익이엇도다.

---

27 성면聖面은 예수의 얼굴을, '오독汚瀆'은 명예를 더럽히는 일을 이르는 말이다. 따라서
  '성면오독'은 예수의 얼굴에 모욕을 가한 일을 가리킨다.

천주당 天主堂[28]

열없이 창까지 걸어가 묵묵히 서다.

이마를 식히는 유리쪽은 차다.

무료히 씹히는 연필 꽁지는 뜱다.

나는 나의 회화주의繪畫主義를 단념하다.

《태양》1호, 1940. 1

---

28 「천주당」이란 수필에 인용된 작품으로 독립적으로 발표된 작품은 아니다.

도굴盜掘

백일치성끝에 산삼은 이내 나서지 않았다 자작나무 화
투ㅅ불에 확근 비추우자 도라지 더덕 취쌌 틈에서 산삼순은
몸짓을 흔들었다 심캐기늙은이는 엽초葉草 순쓰래기[29] 피여
물은채 돌을 벼고 그날밤에사 산삼이 담속[30] 불거진 가슴팍이
에 앙징스럽게 후취后娶감어리[31] 처럼 당홍치마를 두르고 안
기는 꿈을 꾸고 났다 모래ㅅ불[32] 이운듯 다시 살어난다 경관
警官의 한쪽 찌그린 눈과 빠안한 먼 불 사이에 총銃견양이 조
옥 섰다 별도 없이 검은 밤에 화약불이 당홍 물감처럼 공았다
다람쥐가 도로로 말려 달어났다.

《문장》3권 1호, 1941. 1

---

29 잎담배 말린 것.

30 손으로 탐스럽게 쥐거나 팔로 정답게 안는 모양.

31 후취로 삼을 만한 인물.

32 화톳불.

창窓

나래 붉은 새도
오지 않은
하로가 저믈다

곧어름 지여 옒 가지
나려 앉은 하눌에 찔리고

별도 잠기지 않은 옛못 우에
연蓮대 마른대로 바람에 울고

먼 들에
쥐불 마자 일지 않고

풍경도
사치롭기로
오로지 가시인 후

나의 창
어둠이 도로혀

깁과 같이[33] 곻아 지라

《춘추》12호, 1942. 1

33 비단과 같이.

이토異土

낳아자란 곳 어디거나
묻힐데를 밀어나가쟈

꿈에서처럼 그립다 하랴
따로짓힌 고양이 미신이리

제비도 설산을 넘고
적도직하에 병선이 이랑을 갈제

피였다 꽃처럼 지고보면
물에도 무덤은 선다

탄환 찔리고 화약 싸아한
충성과 피로 곯아진 흙에

싸흠은 이겨야만 법이요
시[34]를 뿌림은 오랜 믿음이라

---

34 씨.

기러기 한형제 높이줄을 마추고

햇살에 일곱식구 호미날을 세우쟈

《국민문학》 4호, 1942. 2

그대들 돌아오시니

— 재외혁명동지에게

백성과 나라가

이적夷狄[35]에 팔리우고

국사國祠에 사신邪神이

오연午然히 앉은지

죽엄보다 어두은

명호嗚呼 삼십육년!

그대들 돌아오시니

피 흘리신 보람 찬란히 돌아오시니!

허울 벗기우고

외오[36] 돌아섰던

산山하! 이제 바로 돌아지라.

자휘[37] 잃었던 물

옛 자리로 새소리 흘리어라.

---

35 원문에는 이협夷狹으로 되어 있는데 이는 오랑캐를 뜻하는 이적夷狄의 오기인 듯싶
   다. '협狹'은 좁다, 급하다 등의 뜻을 갖는 한자이다.

36 그릇되게.

37 자취, 흔적.

그대들 돌아오시니

피 흘리신 보람 찬란히 돌아오시니!

밭이랑 문희우고[38]

곡식 앗어가고

이바지 하올 가음[39]마자 없어

금의錦衣는 커니와

전진戰塵 떨리지 않은

융의戎衣[40] 그대로 뵈일밖에!

그대들 돌아오시니

피 흘리신 보람 찬란히 돌아오시니!

사오나온 말굽에

일가 친척 흐터지고

늙으신 어버이, 어린 오누이

38 무너지게 하고

39 감. 무엇을 할 도구, 사람, 재료 등을 일컫는 말.

40 융복戎服. 철릭과 주립으로 된 옛 군복.

낯 서라 흙에 이름 없이 굴으는 백골!

상긔 불현듯 기달리는 마을마다

그대 어이 꽃을 밟으시리

가시덤불, 눈물로 헤치시라.

그대들 돌아오시니

피 흘리신 보람 찬란히 돌아오시니!

『해방기념시집』(중앙문화협회, 1945)에 수록

애국愛國의 노래

옛적 아레 옳은 도리道理

삼십육년 피와 눈물

나종까지 견뎟거니

자유 이제 바로 왔네

동분서치[41] 혁명동지

밀림속의 백전百戰의병

독립군의 총부리로

세계탄환 쏳았노라

왕이 없이 살았건만

정의만을 모시었고

신의信義로서 맹방盟邦[42] 얻어

희생으로 이기었네

적이 바로 항복하니

---

41 동분서주東奔西走.

42 동맹국.

석기石器 적의 어린 신화

어촌으로 도라가고

동과 서는 이제 형제

원수 애초 맺지 말고

남의 손짓 미리 막어

우리끼리 굳셀뿐가

남의 은혜 잊지 마세

진흙 속에 묻혔다가

한울에도 없어진 별

높이 솟아 나래 떨듯

우리 나라 살아 났네

만국萬國 사람 우러 보아

누가 일러 적다 하리

뚜렷하기 그지 없어

온 누리가 한눈 일네

추도가 追悼歌

一、

국토와 자유를 잃이우고
원수와 의로운 칼을걸어
칼까지 꺾이니 몸을던져
옥으로 부서진 순국열사

거룩하다 놀라워라
우리 겨레 자랑이라
조선이 끝가지
싸왔음으로
인류의 역사에 빛내니라

二、

조국의 변문을 돌고들어
폭탄과 육체와 함께메고
원수의 진영에 날아들어
꽃같이 살어진 순국열사

거룩하다 놀라워라

우리 겨레 자랑이라

조선이 끝가지

싸왔음으로

인류의 역사에 빛내니라

三、

조차 뼈모다 부서지고

최후의 피한점

남기까지

조국의 혼령을 잘지않은

형대우에 성도순국선열

거룩하다 놀라워라

우리 겨레 자랑이라

조선이 끝가지

싸왔음으로

인류의 역사에 빛내니라

四、

소년과 소녀와 노인까지
자주와 독립을 부르지저
세계를 흔들고
적탄앞에 쓸어진
무수한 순국선열

거룩하다 놀라워라
우리 겨레 자랑이라
조선이 끝가지
싸왔음으로
인류의 역사에 빛내니라

《대동신문》 1946. 3. 2

의자

너 앉았던 자리
다시 채워
남는 청춘

다음 다음 갈마
너와 같이 청춘

심산 들어
안아 나온
단정학丹頂鶴
흰 알

동지 바다 위
알 보금자리
한달 품고 도는
비취 새

봄 물살
휘감는

우리 푸른

목

석탄 파란 불 앞

상기한

홍옥

초록 전 바탕

따로 구르다

마조 멈춘

상아옥공象牙玉空

향기 담긴 청춘

냄새 없는 청춘

비싼 청춘

흔한 청춘

고요한 청춘

흔들리는 청춘

포도 마시는 청춘
자연 뿜는 청춘

청춘 아름답기는
피부 한부피 안의
호박 빛 노오란 지방脂肪이기랬는데

─그래도
나
조금 소요騷擾하다

아까
네 뒤 딸어
내 청춘은
아예 갔고
나 남었구나

《혜성》1호, 1950.

곡마단曲馬團

소개疎開터[43]

눈 우에도

춥지 않은 바람

클라리오넽이 울고

북이 울고

천막이 후두둑거리고

기旗가 날고

야릇이도 설고 흥청스러운 밤

말이 달리다

불테를 뚫고 넘고

말 우에

기집아이 뒤집고

물개

나팔 불고

---

43 공습이나 화재의 피해를 줄이기 위해 한자리에 있던 사람이나 건조물을 분산시켜 생
　겨난 공터.

그네 뛰는게 아니라

까아만 공중 눈부신 땅재주!

감람卄藍[44] 포기처럼 싱싱한

기집아이의 다리를 보았다

역기力技선수 팔장 낀채

외발 자전거 타고

탈의실에서 애기가 울었다

초록 리본 단발머리 째리[45]가 드나들었다

원숭이

담배에 성냥을 키고

---

44 양배추.

45 원말은 '짜리'. '그런 차림을 한 사람'이란 뜻을 나타내기도 하고 웃차림을 낮춰 볼 때
   '짜리'를 붙이기도 한다. 당시 조선의 옷이 아닌 서양의 양복을 입는 사람들을 '양복 짜
   리'라고 부르기도 했다.

방한모 밑 외투 안에서

나는 사십년전 처량한 아이가 되어

내 열살보담

어른인

열여섯 살 난 딸 옆에 섰다

열길 솟대가 기집아이 발바닥 우에 돈다

솟대 꼭두에 사내 어린 아이가 가꾸로 섰다

가꾸로 선 아이 발 우에 접시가 돈다

솟대가 주춤 한다

접시가 뛴다 아슬 아슬

클라리오넽이 울고

북이 울고

가죽 잠바 입은 단장이

이욧! 이욧! 격려한다

방한모 밑 외투 안에서

위태 천만 나의 마흔아홉 해가

접시 따러 돈다 나는 박수한다.

《문예》 7호, 1950. 2

녹번리

여보!
운전수 양반
여기다 내뻐리구 가믄
어떠카오!

녹번리까지 만
날 데려다 주오

동지 섯달
꽃 본 듯이⋯⋯아니라
녹번리까지 만
날 좀 데려다 주소
취했달 것 없이
다리가 휘청거리누나

모자 쓴 아이
열여들 쯤 났을까?
「녹번리까지 가십니까?」
「넌두 소년감화원께까지 가니?」

「아니요」

깜깜 야밤중
너도 돌변한다면
열여들 살도
내 마흔아홉이 벅차겠구나

헐려 뚫린 고개
상여집처럼
하늘도 더 껌어
쪼비잇 하다⁴⁶

누구시기에
이 속에 불을 키고 사십니까?
불 디레다 보긴
낸 데
영감 눈이 부시십니까?

---

46 쭈뼛하다. 무섭거나 놀라서 머리카락이 꼿꼿하게 일어서는 듯한 느낌이 들다.

탄 탄 대로 신작로 내기는
날 다니라는 길이겠는데
걷다 생각하니
논두렁이 휘감누나

소년감화원께 까지는
내가 찾어 가야겠는데

인생 한번 가고 못오면
만수장림萬樹長林에 운무雲霧로다……

《새한민보》4권 1호, 1950. 2

여제자 女弟子

먹어라
어서 먹어

자분 자분
사각 사각
먹어라

늙고 나니
보기 좋긴

뽕닢 삭이는 누에 소리
흙뎅이 치는 봄비 소리
너 먹는 소리

「별꼴 보겠네
날 보고 초콜렙 먹으래!」
할 것 아니라

어서 먹어라

말만치 커가는 처녀야

서걱 서걱 먹어라.

《새한민보》 4권 1호, 1950. 2

처 妻

산조차 따러
산에 가세

돌박골 들어
산에 올라

우리 같이
산초자 따세

초자 열매
기름 내어

우리 손자 방에
불을 키세

《새한민보》 4권 1호, 1950. 2

사사조 오수四四調五首

늙은 범

늙은 범이
내고 보니
네 앞에서
아버진 듯
앉았구나
내가 서령
아버진 들
네 앞에야
범인 듯이
안 앉을가?
어찌 자노?
어찌 자노?

네 몸매

내가 바로
네고 보면
섯달 들어
긴 긴 밤에
잠 한숨도
못 들겠다
네 몸매가
하도 곻아
네가 너를
귀이노라

꽃분

네 방 까지
오간伍間 대청
섯달 치위
어험 섰다[47]
네가 통통
거러 가니
꽃분 만치
무겁구나

---

47 어험하고 위엄을 부리며 서 있다.

산山달

산山달 같은

네로구나

널로 내가

태胎지 못해

토끼 같은

내로구나

얼었다가

잠이 든다

나비

내가 인제

나븨 같이

죽겠기로

나븨 같이

날라 왔다

검정 비단

네 옷 가에

앉았다가

창 훤 하니

날라 간다

《문예》 8호, 1950. 6

정지용 연보

1902년   충북 옥천군 옥천읍 하계리에서 정태국과 정미하의 장남으로 태어남. 부친의 둘째 부인에게서 태어난 동생 둘이 있음.

    지용의 아명은 연못에서 용이 하늘로 승천하는 태몽을 꾸었다 하여 지룡池龍이었고, 이 발음을 따서 본명을 지용芝溶으로 하였다. 가톨릭 신자로 세례명은 프란시스코.

1910년(9세)   옥천공립보통학교(현재 죽향초등학교) 입학.

1913년(12세)   동갑인 송재숙과 결혼.

1918년(17세)   휘문고등보통학교 입학. 재학 당시 3년 선배 홍사용, 2년 선배 박종화, 1년 선배 김윤식, 동급생인 이선근, 박제찬, 1년 후배인 이태준 등이 있었다. 정지용은 이 무렵부터 문재를 나타냈으며, 박팔양 등 8명이 함께 동인을 만들어 동인지 《요람》 10여 호를 프린트로 발간했다고 한다. 박팔양에 의하면 「향수」가 이 동인지에 실렸다고 한다.

1919년(18세)   3·1운동 당시 휘문고등보통학교의 주동자로서 이선근과 함께 무기정학을 받고 1, 2학기 수업을 받지 못함.

    12월, 《서광》 창간호에 소설 「삼인三人」을 발표함. 정지용의 첫 발표 작품으로 그의 유일한 소설이다.

1923년(22세)   12년 3월, 휘문보통고등학교 5년을 졸업함.

    학적부에 따르면 각 학년별 석차는 1학년 1/88, 2학년 3/62,

3학년 6/61, 4학년 4/61, 졸업 성적은 8/51이다.

휘문고보의 재학생과 졸업생이 함께하는 문우회의 회장을 맡아 《휘문》 창간호의 편집위원이 됨.

4월, 휘문고보 동창인 박제찬과 함께 교비 장학생으로 일본 교토 도시샤 대학에 입학함.

1926년(25세) 6월, 일본 교토의 조선인 유학생 잡지 《학조》 창간호에 「카
페 ᄪ란스」 등 9편의 시를 발표하는 것을 시작으로 《신민》 《문예시대》에 「홍춘」 등 3편의 시를 발표하면서 본격적인 문단 활동을 시작함.

1927년(26세) 이해 1월부터 교토와 옥천을 오가며 시를 씀. 「갑판 우」, 「향수」 등 30여 편의 시를 《신민》 《문예시대》 《조선지광》 《신소년》 《학조》 등에 잇달아 발표함. 정지용 생애에서 가장 많은 시를 발표한 시기임.

1928년(27세) 음력 2월, 옥천면 하계리 자택에서 장남 구관求寬 출생.

《동지사문학》 3월호에 일본어 시 〈말馬 1 2〉를 발표함.

1929년(28세) 도시샤 대학 영문학과를 졸업하고 귀국함.

9월, 모교 휘문고등보통학교 영어 교사로 취임함. 서울 종로구 효자동으로 부인과 장남을 데리고 이사함. 12월, 시 〈유리창〉을 발표함.

1930년(29세) 3월 박용철, 김윤식, 이하윤 등과 함께 《시문학》 동인에 가담. 시단의 중요한 위치에 서게 됨.

《조선지광》 《시문학》 《대조》 《신소설》 《학생》 등에 「겨울」 「유리창」 등 20여 편의 시와 역시譯詩 「소곡(블레이크 원작)」 등 3편을 발표함.

1931년(30세) 12월, 서울 종로구 낙원동 22번지에서 차남 구익求翼이 출생함.

《신생》《시문학》《신여성》《문예월간》 등에 「유리창 2」 등 7편의 시를 발표함.

1932년(31세) 《신생》《동방평론》《문예월간》 등에 「고향」 「열차」 등 10편의 시를 발표함.

1933년(32세) 삼남 구인 출생. 구인은 한국전쟁 당시 인민군으로 끌려갔다가 북한에서 삼.

6월, 창간된 《가톨릭 청년》지의 편집고문을 맡으며 「해협의 오후 2시」 등 8편의 시와 산문 「소묘 1 2 3」 발표함.

8월, 반카프적 입장에서 순수 문학의 옹호를 취지로 이종면, 김유영이 발기하여 결성한 구인회에 이태준, 이무영, 유치진, 김기림, 조용만 등과 함께 가담하여 활동함.

1934년(33세) 서울 종로구 재동 45번지 4호로 이사함.

12월 재동에서 장녀 구원求 출생.

1935년(34세) 첫 시집 『정지용 시집』 시문학사에서 출간. 총 편수는 89편이다.

1937년(36세) 서대문구 북아현동 1번지 64호로 이사함.

음력 3월, 북아현동 자택에서 부친 돌아가심. 묘지는 옥천면 수북리 선영..

1938년(37세) 산문, 산문시, 평론, 그 외 수필 등 약 30여 편을 발표하고, 블레이크와 휘트먼의 시를 번역하여 최재서 편編의 『해외서정시집』에 수록함.

천주교를 주간하는 《경향잡지》의 편집을 도움.

1939년(38세) 《문장》지의 시 부문 추천위원이 되어 조지훈, 박두진, 박목월, 김종한, 이한직, 박남수 등을 등단시킴.

「백록담」 등 7편의 시와 「시의 언어」 등 5편의 평론, 수필 등을 발표함.

1941년(40세) 두 번째 시집 『백록담』 문장사에서 발간. 총 수록 시편은 33편.

《문장》 22호 특집으로 「진달래」 등 10편의 시가 특집으로 실림.

1944년(43세) 제2차 세계대전 말기, 서울 소개 명령으로 부천군 소사읍 소사리로 이사함.

1945년(44세) 8.15 광복과 함께 휘문중학교 교사직을 그만두고 이화여자전문학교(현재 이화여자대학교) 교수로 옮겨 한국어와 라틴어를 강의함. 문과 과장이 됨.

1946년(45세) 서울 성북구 돈암동 산 11번지로 이사.

2월, 좌익계 문인 단체 조선문학가동맹 아동분과위원장으로 추대되었으나 활동하진 않음.

6월, 을유문화사에서 손수 가려 뽑아 엮은 『지용 시선』이 출간됨. 총 수록 시편은 25편.

10월, 경향신문사 주간을 겸함.

1947년(46세) 《경향신문》사의 주간으로서 윤동주의 「쉽게 씌여진 시」를 지면에 싣는다.

이어 주간직을 사임하고 이화여자대학교 교수로 복직. 서울

대학교 문리과대학 강사로도 출강하며 『시경』을 강의함.

1948년(47세) 이화여자대학교를 사임하고 녹번리 초당(현재 은평구 녹번동)에서 서예를 하며 소일함.

2월, 『문학독본』 박문출판사에서 출간.

1950년(49세) 6 25전쟁이 발발하자 정치보위부로 끌려가 구금됨. 서대문형무소에 수용된 뒤 평양감옥으로 이감되어 이광수, 계광순 등 33인이 수용되었다가 폭사 당한 것으로 추정됨.

1971년 3월 20일, 부인 송재숙이 서울 은평구 역촌동 자택에서 별세함.

1982년 장남 구관과 조경희, 송지영, 이영도, 모윤숙, 김동리, 김춘수, 정비석, 김정옥, 방용구, 한갑수, 박화성, 최정희, 박두진, 조풍연, 윤석중, 백철, 구상, 이희승, 양명문, 서정수, 피천득, 이봉구, 이헌구, 김팔봉, 김갑순, 유종호, 이숙례, 이봉순, 문덕수, 백낙청, 노기남, 황동규, 황경운, 김현자, 김정한, 김지수, 안석자, 이선근, 김학동 등 48명의 문인과 각계인사들이 납북 후 묶여있었던 정지용 문학의 회복 운동을 시작함.

1988년 3월 31일, 정지용의 문학 해금됨.

4월 지용회 결성, 초대회장 방용구.

5월 15일 세종문화회관 소강당에서 제1회 지용제를 지냄

6월 25일 고향인 옥천의 관성회관에서 다시 지용제 개최 이후 16회를 이어옴.

1989년 지용시문학상 제정.

제1회 수상자 박두진, 2회 김광균, 3회 박정만, 4회 오세영, 5

회 이가림, 6회 이성선, 7회 이수익, 8회 이시영, 9회 오탁번, 10회 유안진, 11회 송수권, 12회 정호승, 13회 김종철, 14회 김지하, 15회 유경환, 16회 문정희, 17회 유자효, 18회 강은교, 19회 조온현, 20회 김초혜, 21회 도종환, 22회 이동순, 23회 문효치, 24회 이상국, 25회 정희성, 26회 나태주, 27회 이근배, 28회 신달자, 29회 김남조, 30회 김광규, 31회 문태준 32회 장석남, 33회 이문재, 34회 최동호, 35회 유종호

1997년   제2대 회장 이근배.

2002년   5월 정지용 탄신 100주년 서울지용제 및 지용문학심포지움 개최함.

2003년   이달의 문화 인물 (5월)로 선정 기념 서울지용제 및 지용문학심포지움 개최함.

정지용 전 시집 카페 · 프란스

초판 인쇄 2023년 12월 10일
초판 발행 2023년 12월 20일

지은이 정지용
펴낸이 김상철
발행처 스타북스
등록번호 제300-2006-00104호
주소 서울시 종로구 종로 19 르메이에르종로타운 B동 920호
전화 02) 735-1312
팩스 02) 735-5501
이메일 starbooks22@naver.com

ISBN 979-11-5795-713-2 03810